Rotation

Erzählungen

Band 1

von

Klaus Mühlen

**Impressum
Asperg Taschenbuch**

Erzählungen
von Klaus Mühlen

Lektorat Wolfgang Mönikes

Einheitsaufnahme:
Fin Titeldatensatz für diese Publikation ist bei der Deutschen Nationalbibliothek erhältlich
Pflichtexemplar: Württ. Landesbibliothek, Stuttgart

Vorlage beim Deutschen Literaturarchiv Marbach

Febr. 2023
Klaus Mühlen
KWkmuellener@t-online.de

© 2023 Klaus Mühlen
Herstellung und Verlag: BoD - Books on Demand, Norderstedt
ISBN: 9783735784865

Die Darstellungen sind Wiedergaben von Geschehnissen
im Sinne der englischen Bezeichnung „Story".

Aus alltäglichen Geschehnissen niedergeschrieben.

Chef-Allüren

Aber wie immer, die Wahrheit blieb hinter dem Spanntuch, einem weißen Vorhang.

„Aber, aber." Prinzipien gibt es, doch von verleugneten Grundsätzen verdrängt. Einer Ehre, die in langen Jahren erworben wurde.

„Die Gesinnung zur Sache bleibt doch meistens unberührt? Vom Menschen selbst bestehe doch nichts Veränderliches zum Beruf und der Arbeit? Oder? In den langen Jahren der Betriebszugehörigkeit erworben und in verantwortlichem Handeln dem Wohle der Firma gedient."

Mit einem leichten Wiegen des Kopfes: Dieser Worte sollten sie zustimmen. Dann wäre alles beim Alten.

Beide saßen sie vor dem Direktor der Abteilung. Beide jung an Jahre und erst ausgelernt in den Vertriebsapparat, „hineingeworfen" und nun macht mal. Abgewogen nachgedacht in Wochen, hatten sie sich vorgenommen diesen Schritt anzugehen. Sie standen da. Als Bittsteller.

„Setzen sie sich doch!" Er mit Vornamen Kurt, der Freund Frank, dieser verdruckt hinter ihm, schuckten sich an. Zögernd setzten sie sich. Schon ein wenig unsicher geworden, durch die Ansprache.

Wohl war es kein Wunsch, gedacht dabei eine Veränderung herbeiführen.

Dem sie sich im Stil und bis dahin in eine angepasste Arbeitsweise unterworfen hatten, dem nicht mal Einhalt selbst Paroli bieten konnten, um im Ablauf mit dem Vorgesetzten sich mehr einbringen zu können. Geradewegs

7

akzeptiert zu werden, nicht dem sich anpassen. Ganz einfach!

Es war kein großes Ding, die ihren Tagesablauf bestimmte. Hineingesetzt zu diesem Chef, der sogar eine Sekretärin an seiner Seite, so von ihm betitelt. Aber letztendlich ihm zugeteilt zur schnelleren Bewältigung der Arbeit. Eben Betriebszugehörigkeit! Da ihm seit Jahrzehnten hörig zu sein schien und seine Allüren akzeptierte.

„Jetzt erzählt, was gefällt euch nicht?"

Kurt und Frank schauten sich an. In einem „Memo" hatte sie bereits auf alles hingewiesen.

Beide wollten gleichzeitig reden.

„Bitte, einer nach dem anderen."

Der etwas Ältere, Frank stand auf.

„Setz dich ruhig wieder hin."

„Also Herr Wallnuss ." Dabei faltete er die Hände. Der Name des Vorgesetzten nicht zu verwechseln mit der Walnuss. Das Wort mit einem „l" geschrieben.

„Es ist, naja wie soll ich es sagen? Herr Graf ist meistens nicht anwesend. Und wenn, dann verschwindet er nicht nur für Minuten, nein Stunden bleibt er weg."

Er wurde unterbrochen: „Er hat auf Grund seiner Betriebszugehörigkeit, ich will nicht sagen das Recht, sondern es wurde ihm zugestanden, morgens etwas später anzufangen wie die anderen Mitarbeiter."

Kurt mischte sich ein: „Wohl – doch wir sitzen meistens nur rum. Unsere Arbeit hält er unter Verschluss. Sogar die vom Schreibbüro geschriebenen Briefe, die im Entwurf von uns handschriftlich auf Zettel notiert gewesen, dümpeln auf seinem Schreibtisch vor sich hin. Gell Frank. - Ist es denn überhaupt auch erlaubt, Alkohol am Arbeitsplatz zu trinken?"

„Ja", von Frank bestätigt. „Und dann immer diese Änderungen im Text. Wir sehen es als Schikane."

„Das kann ich nicht beurteilen, sicherlich hat es einen Sinn?"

„Nein!" von Frank. „Er hat seine Lieblinge im Außendienst, denen wir in der Spesenabrechnung nichts kürzen dürfen. Sie liegen aber über dem Limit! Außerhalb der Zulässigkeit."

„Ja so ist es!" Kurt war aufgesprungen, seine Röte im Gesicht zeugte von Nervosität.

„Seine Sekretärin, was sie auch ist, akzeptiert dies. Man könnte meinen -."

Er wurde von Herrn Wallnuss abrupt unterbrochen.

„Halten sie sich zurück."

„Entschuldigung!", von beiden.

Im Stehen Kurt: „Weil wir jung sind, mag er uns nicht. Gut, dass wir uns auch nebenbei über private Ereignisse unterhalten und beraten, was so am Abend noch laufen könnt, ist doch in unserem Alter normal."

„Und dann –." Plötzlich Stille im Raum. Die beiden Freunde wollten es eigentlich nicht sage.

„Du oder ich?" Und schauten sich an.

„Frank, du kannst es bestätigen! Er ist Alkoholiker! Schon morgens umweht ein Biergeruch von Herrn Graf ausgehend uns. Die Hosentaschen sind ausgebeult -."

Frank kann sich nicht mehr halten: „Zwei Flaschen Bier trinkt er ruckzuck noch vor der Vesper aus. Zwischendrin bekommen wir unsere Arbeit und die korrigierten Briefe rübergeschoben."

„Wie Lakaien!" Kurt ging auf den Tisch von Herrn Wallnuss zu.

„Und dann steht er, Herr Graf auf – geht zur Tür und wird nicht mehr gesehen. Stunden vergehen – er kommt – die Hosentaschen wieder ausgebeult. Nun raten sie mal?"

Dabei schaute er starr auf Herr Wallnuss. Doch bevor dieser die Frage beantworten konnte, fuhr er fort: „Zwei Flaschen Bier und so geht es Tag für Tag, vom Arbeitsbeginn bis Ende weiter. Bitte, geben Sie dem Mann eine andere Beschäftigung?"

Frank nickte. Alle drei standen sie nun sich gegenüber.

Die Reaktion von Herrn Wallnuss: „Das ist ja zum Haare raufen."

Wobei er Kurt und Frank nachdenklich anschaut.

Sein Blick ist hart, sein Gesicht starr:

„Das ist Meuterei, was sie hier abziehen! Sie maßen sich an, über einen langgedienten Mitarbeiter zu urteilen. Und außerdem - grundsätzlich - ist der Konsum alkoholischer Getränke am Arbeitsplatz mal nicht generell verboten. Wichtig vor allem sind die vertraglichen Pflichten, denen er nachkommen muss. Also!"

Damit noch von ihm betont.
Er eilt zur Tür. Was bedeutete, sie mögen gehen.

„Ein Strafmaß kann nur sein, das für sie, ein Eintrag in ihre Personalakten. Es wird sich nichts ändern, nur sie müssen lernen sich anpassen, eben Kompromisse schließen! Er Herr Graf wird kurz über lang auf Rente gehen. Versprech´ ich euch."

Die „Meuterer" schauen sich an: „Dann bestellen wir noch heute ein „Fässle Bier" zur Lieferung an die Abteilung …", und eilten hinaus ihrem Arbeitsplatz zu. Ihre Abwesenheit hatte niemand bemerkt. So mussten sie auch keine dummen Fragen beantworten. Sie schritten zur Tat!

Das Experiment gelang: Ein „Fässle Bier" wurde von den beiden bestellt und geliefert. Ab dem Moment befanden sich die Mitarbeiter gesegnet in einer stimmungsvollen Tagesarbeit. Zur Freude ihrer Chefs, der Soff mit und war an dem Tag ganztägig endlich anwesend.

„Solange der Vorrat reicht … Prost!"

„Bei Bedarf einfach wieder bestellen!", meinte er noch. Ergänzend: „Nur nicht überraschen lassen."

Was eben langjährigen Mitarbeitern zugestanden werden kann. Nicht warten! Oder?

Die „lustige Arbeitsweise" kursierte bald in der Firma.

Kurt und Frank gingen auf Stellensuche, anderweitig ihr Glück zu finden.

Drachenflug

„Die Nachahmung des Segelflugs muss auch dem Menschen möglich sein, da er nur ein geschicktes Steuern erfordert. Wozu die Kraft des Menschen völlig ausreicht."

Worte 1874 von Otto Lilienthal unterstützt von seinem Bruder Gustav gesagt:

Der durch Messungen zum Auftrieb an ebenen und gewölbten Flächen ein eindeutiges Ergebnis erzielte, dass gewölbte Tragflächen im Vergleich zu ebenen Flächen eine geringere Zunahme des Luftwiderstands in horizontaler Richtung geben und dadurch durch ein Vielfaches an Auftrieb. So ergeben die schwach gewölbte Vogelflügelform die günstigsten Widerstandswerte. -

„Aus dem 1889 veröffentlichte Buch „Der Vogelflug als Grundlage der Fliegekunst", dass heute noch als wichtigste flugtechnische Veröffentlichung des 19. Jahrhunderts gilt."

Dazwischen liegt mehr als ein Jahrhundert. Vom Gleiten über Wiesen sind Jets rund um die Welt in allen Variationen gebaut worden. Kleine Segelflugzeuge, Propellermaschinen und mit Düsenantrieb. Die Welt wurde kleiner und der Himmel weit hinaus mit Raketen bis ins Weltall bestückt. Und auch hinaus in die Galaxien. Alle Nationen im Wettlauf daran beteiligt; besser – schneller sich miteinander „verknoteten". Der Tourismus als Wirtschaftsfaktor auserkor, Menschen über tausende von Kilometern in luftigen Höhen von Kontinent zu Kontinent zu transportieren. Geblieben der Wunsch zum individuellen Fliegen: Angepasst den Flugversuchen von Otto Lilienthal: Drachenfliegen ...! So auch weiter zum Paragleiten, eben mit einem „Falschschirm".

Noch nicht einmal 18 geworden, begeisterte Michael sich für den Drachenflug. 1966 geboren. Da steckte die Entwicklung noch in den Kinderschuhen, so wie er auch. Bereits 1948 entstand die Idee für flexible Tragflächen aus Stoff und Schnüren. Letztendlich entwickelte sich daraus erst in den 1960 Jahren an der Küste Kaliforniens die Sportart Drachenfliegen. In Europa dauerte es bis in das

1973 Jahr mit einem Medienrummel, von der Zugspitze herab ins Tal publik gemacht.

Nun das war mit sieben Jahre noch nicht bei Michael angekommen. Und doch das Interesse für Flieger war da: Papierflieger, wahrlich und nicht mehr.

„Die Zeit ist bös oder kann auch ein gutes Ding sein." Ersteres schicksalhaft und letzteres in Entwicklungen zum Wohle weiterschreitend. Es gibt kein Recht darauf, was aus Wünschen heraus sich entwickelt oder im Verzicht dahinbröselt.

Der Modellbau schloss sich den kindlichen Papierfliegerbau an. Mit Benzin „Motörchen" so ein Flieger in die Lüfte hinauf donnern zu lassen der Wunsch. Michael dabei und aus dem Probieren heraus Abstürze, Abstürze ... die ihm aber nicht die Hoffnung nahmen, ferngesteuert immer erneut die Flieger zum Himmel aufsteigen zu lassen. Geduld – Geduld, unermessliche dabei. Von den Papierdrachen mit einem „Steuerschwanz" hinten dran und an einer langen Schnur festhaltend vom Boden aus, nicht mehr sein Ding.

Drachenfliegen dagegen! Selbst sich in Lüfte empor schweben wolle er. Hierzu sparte er, von der Konfirmation bis zur Entscheidung.

„Ich gehe nicht mit in den Urlaub! Er nahm es sich heraus. Er hatte sich sogar schon angemeldet zu einem Seminar „Wie lerne ich Drachenfliegen"! Am Forggensee, dort in der Nähe von Füssen im Königswinkel des bayerischen Allgäu ins Tal, über den See zu schweben. Sein Traum: Dies vom 1720m hohen Tegel-Berg aus. Das Fliegen im „Schlafsack!" Mit Flügeln aus Stoff! Lilienthal schaffte es nur wenige Meter, doch heute können es seine Erben hunderte von Kilometer schaffen.

Seine Eltern überließen es ihm, seinem Wunsch real werden zu lassen. Ein eigener Drache zwar noch nicht im Gepäck, was ja auch selbst mit der Bahn und Bus nicht möglich gewesen wäre. Die Länge des Flugapparats sowieso nicht passend für eine solche Zielreise. Ein Theorieunterricht erst einmal. In Hoffnung, dabei bald an solch einem Dinger hängen zu dürfen. Der Anfang war gemacht! Schwindelfrei war er ja. Das schon mal als Voraussetzung für diesen Sport. Und es funktionierte mit Unterkunft und Verpflegung für eine Woche. Von Seminar zu Seminar hangelte Michael. Alles, was erforderlich schien lernte er: Wetterkunde insbesondere, Technik, das Fluggerät zu beherrschen, Aufbau oberhalb des Startgipfels und nach Landung den mühseligen Zusammenbau des Geräts. So ein Apparat hat sein Gewicht von mehreren - na ja, bis zum Lift immerhin tragend möglich und in einer Spezialvorrichtung unabhängig vom Sessellift des Piloten, wieder mit nach oben, um erneut zwischen Himmel und Erde schwebend „dahinzugleiten".

Durch Schule war die Freizeit hierzu eingeschränkt, dieser seiner Sportart. Er blieb dabei. Immer auf Reise zu den Höhen der Schwäbischen Alp und der Allgäuer Berge.

Der Herbst zog herein. Noch blieb das Wetter beständig. Michael hatte fleißig gespart, um sich endlich einen „Drachen" als sein Eigentum zulegen zu können. Aber auch immer noch nicht war er im Besitz des PKWs-Führerscheins. Auf zum Tegel-Berg! Weiter zur Ausbildung dort und mit einem Leihdrachen die ersten Schritte vom Übungshang hinab.

Bei schönstem Sonnenschein fuhr sein Vater ihm ins Allgäu. Lieferte ihn in der Drachenflugschule ab, schon mit einigen Utensilien der Fliegerei bestückt, und sagten zueinander Tschüss.

14

Kaum vergangen das gewählte Wochenende, schlug das Wetter um, in Kapriolen einer Schlechtwetterfront: „Ertrag die Welt". Michaels psychische Bedürfnisse für des Fliegens dahin!

Anruf daheim: „Bitte holt mich ab!" Sein Vater schmiss die Arbeit hin. Das sah der Großvater und war schwuppdiwupp mit von der Partie. Platschender Regen gegen die Windschutzscheibe des PKW. Dann dazu Stau auf der Autobahn. Über fünf Stunden brauchten sie zum Wartenden. Nach Essen gehen? „Nein!" Ab durch die „Mitte"! Und doch plagte den Dreien der Hunger mehr als die Nacht. Runter von der Autobahn! Zur nächsten Dorfkneipe links abbiegend. In der Zwischenzeit kohlrabenschwarz die Nacht und Regen, was der Himmel aus Reserven aufbieten konnte.

„Glück muss man haben", der Wirt. Er kreierte aus den Resten der Küche noch zur späten Stunde ein Essen. Schon zweiundzwanzig Uhr. Um Elf fuhr sie weiter. Bei Regen und Regen unersättlich vom Himmel. Alles, was aus den Wolken möglich schien, Als hätten sich Schleusen geöffnet.

Die Rückkehr zog sich hin, mit Stau und Schleichtempo bis fast vor die Haustüre. Endlich: Bereits nach zwei Uhr war das Ziel, Daheim erreicht. Erzählen musste man noch. Bis man schon über die Tischkante einschlief.

Es dämmerte schon leicht der Morgen. KO und erschossen, wie gesagt wird, schliefen die Probanden weit in den Tag hinein. Gestillt von dem Abenteuer Drachenflug, vorerst einmal.

Doch, was einmal begonnen, wiederholte sich in Bezug aus der Sehnsucht zum Fliegen. Der Führerschein fürs Auto kam dran. Mit Bitten und Zugeständnisse, wurde das Familienauto ausgeliehen.

Noch waren die Seminare des Flugunterrichts nicht abgeschlossen. Michael tastete sich von flach und höher heran. Genannt Übungshänge, Bergrücken und Felshöhen bis zum Gipfel.

Dann die ersten praktischen Hüpfer. Man rennt einen Hügel herab und hebt zum ersten Mal kurz ab. Die Füße empor und eine kurze Strecke schwebte Michael wie ein Vogel über den Boden.

„Ich bin geflogen!" Der Aufschrei. Von einem kleinen Hüpfer ging es immer weiter nach oben. Und stetig überwacht vom Schulungsleiter mit dem „Knopf" im Ohr.

Dann der große Moment! Der erste richtig Berg, von dem herab es länger als eine Viertelstunde dauern sollte, bis ins Tal herab. Die Prüfung ...

Stolz hielt er den Flugschein in der Hand, hoch gestreckt gen Himmel. Und der Wunsch nach einem eigenen „Drachen" erfüllte sich dann auch noch, mit seinen Ersparnissen und Großeltern als Sponsoren dazu reichte es aus.

Aber das Auto der Eltern blieb vorerst ausgeliehen ....
Eben in dieser Beziehung Eile mit Weile.

Sein erster große Flug dann vom „Neunerköpfle" im Tannheimer Tal, während des Urlaubs der Familie! Weit entfernt vom Balkon der Ferienpension aus, mit Blick hinauf, schauten sie ihm zu.   Angstvoll! Anlauf und er hinweg übers Tal. Die Landung - tadellos. Ab da waren seine Wochenenden ausgebucht – Flug Time.

Aber nicht allen Probanden erging es so! Aus dem Club der Anfänger schaffte eine Sie es nicht: Vor dem Sprung nach drei bis vier Schritte Anlauf und Gleiten!

16

Wie gelernt am Übungshang. Sie bremste ab, ließ den Drachen fallen, der den Hang allein gelassen fast hinunterpurzelte. Aus! Sie weinend: „Ich kann das nicht!" Am Übungshang hatte sie es doch noch gemacht. Hier ging es um die Höhe und ihr Selbstvertrauen. Nicht schwindelfrei? Wer weiß? Anderen erging es trotz Mut auch, aber anders, wie beim Lutschen eines sauren Bonbons, Augen zu und es tun.

Bereits während des praktischen Unterrichts, am Hügel sich vertraut machen, krachte in einer Kurve fliegend ein Schüler, schon etwas älteren Semesters, in den Hang rückwärts und brach sich den Arm. Während das Fluggerät zu Bruch ging. Ob derjenige nochmals flog, blieb unbekannt.

Ein Teil des Drachenfliegens ist ein Abenteuer und bleibt es, denn nie wissen die Piloten genau, wo sie landen können und werden. Sicherlich, es gibt jetzt ein GPS-Gerät für die Orientierung in der Luft und das Variometer, das dem Piloten die Thermik anzeigt, doch gesteuert wird der Drachen durch den   Piloten. Durch Verschiebung des Steuerbügels, entweder nach rechts oder links zur Gewichtsverlagerung.

Mit Hilfe von Ultraleichtflugzeugen können Drachen samt Piloten auch nach oben gezogen werden. Der Pilot klingt nach einer von ihm festgelegten Höhe selbst aus und fliegt frei weiter. Die Schleppwinde ist verpönt und führte schon zu vielen Unfällen.

Der Möglichkeiten gibt es viele: So auch der Ballonstart oder ein Elektroantrieb als Aufstiegshilfe. Aber immer noch ist und bleibt die sportlichste Variante erststellig: Der Sprung von oben herab.

Auch Michael machte seine Erfahrung, in dem er ein Baumlandung hinlegte. Drinhing im Geäst, bis die Feuerwehr und Rettungsdienst ihn befreiten. Aber nicht hielt ihm davon ab, seiner Leidenschaft, dem Fliegen ade zu sagen.

Heute hat er einen Flugschein für einmotorige Propellermaschinen. Mit seinem Freund nutzen sie ihre Freizeit an den Wochenenden, so auch mal nach Paris mit einem Abstecher „über den Wolken" anzupeilen. Älter geworden, wohl sich nicht mehr im „Hängegleiter" in die Tiefe zu stürzen. Wenn es auch das Fliegen im „Schlafsack" wäre. Scherz, es ist eine Hülle, die dem ähnlich, in dem beim Fliegen die Füße und Beine hineingesteckt werden. Für die Kälte hoch droben und auch …. Man müsste es mal probieren.

Denn in uns allen steckt: Nicht nur soweit uns die Füße tragen, sondern auch die Vision, wie ein Vogel fliegen zu können.

Otto Lilienthal tat es mit seinem Gleiter aus Weidenruten und nur mit Leinwand bespannt. Das war 1891!

Ein Wiedersehen

Sie waren Freunde, gingen zusammen in eine Schule. Doch dann trennten sich ihre Wege: Besser gesagt, er blieb mit seinen Eltern in unserer Geburtsstadt Anklam zurück. Meine Eltern versuchten in der Fremde eine neue Existenz nach dem Großen Krieg 1945 aufzubauen. Peter mein Freund und ich waren neun Jahre alt. In der ersten Zeit wechselte Briefe hin und her, doch daraus wurden Karten und dann verblasste der Kontakt ganz.

Wie oft gesagt: „Jeder ging seiner Wege".

Jahrzehnte vergingen.

Plötzlich in die Ruhe hinein ein Anruf: „Peter hier - kennst du mich noch?" Ich bejahte. In der Annahme das ist dieser Peter von damals.

Sie verabredeten sich. In Magstadt bei Sindelfingen wohnte er. „O.K" noch und dann den Termin notiert. Mit Straße und Hausnummer, suchend, hinein in ein Abenteuer: Erinnerungen auszutauschen.

Ich traf eine dunkle Wohnung an, kaum aufgeräumt und schmuddelig. Da hauste Peter, dieser sein ehemaliger Freund aus Anklam. Einen Maler hatten Wand und Tapeten wohl noch nie über sich ergehen lassen müssen.

„Platz da." Den machte ich mir selbst am Tisch.

Beim Kaffee sprachen sie erst mal über vieles aus früheren Jahren, bis hinein als sie sich trennten. In der Zwischenzeit siedelte er mit seinen Eltern nach Hamburg um. Hierüber zu sprechen, war kein Thema für ihn. Da wich er aus. Mir schien, ein Kontakt bestand nicht mehr.

Warum auch? Und doch hätte es mich interessiert.

Er, der nicht mehr wie früher. In seiner Wesensart zu mir als Freund fand ich eine Barriere. In mir pochte es, einen Abstand zu halten.

In der Zwischenzeit wurde es Abend und uns plagte der Durst. Wir fuhren ein Stück mit dem Auto hinüber in die Stadt und kehrten in eine Kneipe ein, mehr eine Spelunke, betitelt von mir. Dicht gedrängt am Tresen schon viele „betrunken". Mein Ding erst recht nicht. Männer, die dichtgedrängt am Tresen standen und Händchen hielten und sich in den Arm nahmen. Von Zigarettendampf gemischt mit Schnapsgeruch umgeben und in dem keiner mehr den anderen sah.

„Prost" und die Biere wechselweise mit Schnaps rannen ungebremst vom Glas in die Kehlen. Schneller als ich schauen konnte. Ein Bier trank ich zur Geselligkeit mit, wogegen Peter den Flüssigkeiten unbedacht zugeneigt war. Spät wurde es und wir verabschiedeten uns. Peter hatten dagegen jemanden gefunden, der ihn nach Hause fuhr. Wir trennten uns mit dem Versprechen, zu telefonieren. Mein Ding zur späten Heimfahrt war es nicht. Und ich nahm mir vor, die Treffen auf Nachmittage zu verlegen. Das wechselseitig.

Nun, schon bald der Anruf, sich bei mir im Städtle zu treffen. Er habe mit Freunden eine Zusammenkunft ausgemacht, im Gasthaus am Ort: „Ich würde mich freuen, dich wieder zu sehen."

„Ich bring gute Freunde mit", plapperte er drauf los. Er hatte in diesem Lokal mitten im Zentrum einen großen Tisch reserviert.

„Es sind Freunde türkischer Abstammung, die Arbeit in Deutschland suchen." Dazu sei erwähnt, dass zu dieser Zeit es noch erforderlich war, dass zum Aufenthalt in Deutschland eine Arbeitsaufnahme, Zusage eines Arbeitgebers erforderlich sein musste. Das zu umgehen, gab es Schleuser, die diese Menschen illegal einschleusten. Für viel Geld, das bar auf der Hand gab, umschifft der Arbeitsvermittlung des Arbeitsamtes und der Steuer.

Mir war anfänglich nicht klar, was ich in diesem Schaltkreis überhaupt sollte. Doch der Moment ließ nicht lang auf sich warten.

Man unterhielt sich belanglos, aber über die Möglichkeiten in Deutschland Arbeit zu bekommen und die Schwierigkeit einer Arbeitserlaubnis.

Detlefs Ahnung dabei ließ ihn nicht im Stich. Ihn wollten sie benutzen über seinen Arbeitgeber. Er saß am Schaltpult! Bescheinigungen mit dem Stempel seines Arbeitgebers wären doch möglich, so der Tenor im lockeren Jargon diskutiert. Über Holland nach Deutschland zu gelangen. Wobei die Mannen über die Grenze in einem verplombten Kofferwagen illegal geschmuggelt werden sollten. Es war die Zeit um 1970. Der Zuzug und Beschäftigung ausländischer Arbeitnehmer mit großen Problemen verbunden, fast aussichtslos legal einzureisen und überhaupt Arbeit aufzunehmen.

Ich war überrascht, dabei die erste Geige spielen zu sollen. Mit was handelte Peter? Und was mir aufbürden?

Ich hörte mir alles erst mal an. Bier trieb und klar die Blase meldete sich, entleert zu werden.

Ich ging hinaus. Gleich darauf folgte einer der türkischen Anwesenden. Sie kamen am Pissoir ins persönliche Gespräch.

Unter vier Augen von Mann zu Mann. Das, was am Tisch nicht gesprochen wurde, waren die Hintergründe eines Menschhandels und formte sich klar ausgedrückt in Gefahren, sich darauf einzulassen. Doch dieser warnte mich, sich auf das Geschäft einzulassen. Er von seiner Seite meinte, freundschaftlich von ihm auf die Schulter geklopft: „Sind wir Freunde. Du bist nicht der potenzielle Mann dafür. Lass die Finger davon."

„Gut." Ich hätte ja nur den Stempelabdruck meines Arbeitgebers und meine Unterschrift „hergeben" müssen. Für einen Menschenhandel! Viel Geld wäre für mich drin gewesen.

Man trennte sich. Ich gab Peter zu verstehen: Keine Zustimmung meinerseits. In den Gesprächen wurde weiter diskutiert. Über andere Möglichkeiten diskutiert, die zur Arbeitsaufnahme führen könnten. Ich nahm mich raus und verabschiedete mich.

Später rief Peter noch mal an und entschuldigte sich. Einem weiteren Kontakt wich ich aus.

„Gott sei Dank", was hätte ich da auf mich genommen und geopfert, was ich gerade für mein Leben aufgebaut hatte.

„Lass ihn ziehen, mit seinem Schicksal geht er sowieso andere Wege." Und so blieb es dann auch. Ich brach ab diesen Zweig aus dem Baum der Kindheitserinnerungen. Von damals ins heute zu tragen: Die Kindheitserinnerungen nicht dem jetzt anzugleichen und um nicht in eine freundschaftliche Verpflichtung hineinzugeraten. Aus dem Schlummer der Erinnerungen zwar erweckt, doch keineswegs bereit, dem heute anzugleichen. Wenn wir auch Freunde waren.

Empörung

Eine Gasstätte, so sagt schon das Wort, dass es eine Stätte ist, die dem Gast vorbehalten sei. Ansichten prallen aufeinander. Verständnis auf der einen Seite es zu nutzen, im Leid oft die andere Seite. Einer der Nutzer, der andere der Dienstleister. Geschehen nicht unweit von hier.

Zugetragen in Cannstatt. Sie werden sagen: „In Stuttgart". Ja und nein. Cannstatt ist und bleibt Cannstatt, auch wenn es zur Vorstadt zu Stuttgart zählt. Das gemeindepolitisch gesehen, nicht im „völkerrechtlichen" Sinne. „Sodele", auf schwäbisch für Wengerter und Bauern.

22

Vor 700 Jahren wurde Cannstatt zur Stadt erhoben. Es war bis in die Neuzeit aber eher eine dörfliche Bevölkerung. Viele Namen der alten Gassen stammen noch aus dieser Zeit.

Die Stadt Stuttgart ist eine junge Stadt in Europa. Es gibt Aufzeichnungen, die bestätigen, dass ihre Anfänge aus dem Jahr 950 stammen. Bislang ist bekannt, dass es die Römer waren, die die Region besetzten, obwohl sich die menschlichen Siedlungen der römischen Zeit näher am Neckar befanden, in der Region Cannstatt. Stuttgart verdankte seinen Namen dem Luidolf von Schwaben, der im abgelegenen Nesenbachtal eine Pferdzucht eröffnete: Seinen Stutengarten.

Und daraus resultiert der Namen Stuttgart.

Es gibt in München das „Münchner Oktoberfest", in Stuttgart gibt es den „Cannstattern Wasen". Und so auch die Menschen, selbstbewusst und stolz sindd Cannstatter zu sein: Bad Cannstatter!

Und man staune, sie besitzen das zweitgrößte Mineralwasseraufkommen Europas. Es sollen 22 Millionen Liter tägliche Quellschüttung sein. Auch die zweitgrößten Thermalquellen Europas liegt hier. Von 19 Mineralquellen sind 11 als Heilquellen staatlich anerkannt. Die Mombachquelle ist der einzige Quelltopf in Bad Cannstatt, wo Mineralwasser drucklos in großen Mengen aus dem Boden austritt: Das Mineralwasser wird in den benachbarten Bädern sowie in der „Wilhelma" verwendet.

Die Namensfindung ist ungenau: Cannstatt wurde um das Jahr 700 in einer Schenkungsurkunde an das Kloster St. Gallen erstmals urkundlich erwähnt. Als „Canstat ad Neccarum". Wohl aber auch als Kannstatt, wegen der Wasserschüttung auf dem früheren Siedlungsgebiet der Kelten und Römer.

Die Neuzeit hat nicht alle Spuren verwischt. Über die Rosensteinbrücke oder Wilhelmbrücke stoße ich als Besucher direkt auf die Altstadt. Die vielen kleinen Gassen liegen vor mir, sie zu erkunden: den Marktplatz mit dem alten Rathaus und der Kirche.

Ein Spaziergang ins Mittelalter. Immer wieder werde ich aus meiner Ruhe gerissen von hupenden Autos, die durch die Einbahnstraßen sich ihren Weg suchen. Von Fahrradfahrern ganz zu schweigen, die die Fußgänger in Schrecken versetzen.

Vielleicht hätte ich doch das Wochenende wählen sollen zu dieser Exkursion. Aber diese Wanderung durch die Gassen, das Kruschteln in den Andenkenläden und nach Handwerksangeboten suchend, ist ausschließlich nur Werktags möglich. Zurückgekehrt in meine Kindheit! Versunken in eine Welt von gestern, so empfand ich das. Kleine Läden aneinandergereiht. Antiquitäten und Bücherläden im Spektrum von heute aussortiert. Zum Bummeln und stieren alles da.

Ich hatte mich vergraben in diesem kleinen Laden, der zwischen zwei Gebäuden wie ein „Hexenhäuschen" gequetscht liegt. Sowohl die Tür als auch die Fenster noch von anno damals. Naturbelassen, vergilbt und mit Querstegen jedes das kleinste einzelne Fenster. Eine schmale Steintreppe, ausgelatscht mit Vertiefungen, in denen sicherlich bei Regen das Wasser stand. Drei Stufen hinauf zur Eingangstür, die Dielen verkleidet. Bekritzelt mit Initialen in Erinnerung, wieder vorbeizukommen, hinterlassen.

Der Griff, die Tür zu öffnen mehr ein Stahlbügel, ein Steigbügel nach innen zu einem Kastenschloss.

Ein wenig Öl wäre wohl angebracht: Nicht nur, dass der Griff beim Herabdrücken hart an Stahl rieb, sondern auch beim Aufdrücken der Tür. Die in den Scharnieren einen Tropfen Öl hätte vertrage können.

„Türe zumachen!", eine Stimme aus einer der Nischen.

Gehorsam erzogen folgte ich dem Ruf. Schwer von innen die Tür in den Rahmen zu bewegen. Von einem aufdringlichen Quietschen begleitet.

Inmitten von Büchern, verstaub, nicht nur diese, sondern ich hatte den Staub aufgewirbelt und an meiner blauen Jacke nun haftend. Unentschlossen ich, überhaupt, was jetzt? Ein Antiquariat angehäuft mit Büchern aller Genre und Schriftsteller, bis, man könnte glauben, aus dem Mittelalter hier aufbewahrt.

Passend zu meiner Neugierde als „Bücherwurm, ein Antiquariat, in dem ich mich vertiefen wollte und konnte.

Unsere „Dichterfürsten" von Anno dazumal sprangen mir von geschundenen Einbänden entgegen. Jedes Cover in der künstlerischen Gestaltung aus dem letzten Jahrhundert. Nur wenige der Bücher spartanisch in grau der Umband. Viele, viele in bunten Farben, eben dem, was Generationen vor mir wohl zum Kaufen animieren sollte.

Mein ganzes Stieren und Kruschteln konnten mich dann doch nicht zum Kauf-Entschluss führen. Aber doch …

Direkt vor dem Ausgang! Ein Unikat wie ich erkannte, im DIN A4 Format. Als Cover ein alter Stich. Siehe da! Canstatt ad Neccarum, Kannstatt oder Cannstadt ins heutige geführt.

Schon den Türgriff in der Hand stockte ich, fühlte mich zu dem Buch hingezogen. Nahm es in die Hand und klappte es auf. Meine Begeisterung schlug um in neugierigen Entdeckerrausch.

„Nun?", sprach mich der Inhaber, dem das hier gehörte, an.

Ich schaute auf und spontan sagte ich: „Ja – den, das Buch nehme ich mit." Mit Euro 20.–waren wir uns schnell einig. Er wickelte noch ein wenig Zeitungspapier drum rum. Ich klemmte mir das Paket unter den Arm und ging vorsichtig die „ogattigen" Stufen hinunter ins Freie. Für mich ein Erfolgserlebnis, dieses Buch in Besitz zu haben. „Bad Cannstatt", murmelte ich vor mich hin.

Zur Gastronomie hatte ich keine Beziehung. Der staubigen Umgebung entkommen, verspürte ich Durst. Ich erinnere mich an die „Weinstube Zickle" in der Spreuergasse. Nicht weit und ich bummelte hin. Ich hatte schon gehört vom Cannstatter „Geschnatter", dass diese geschlossen sei: vorrübergehend. Letzterer sei ein Italiener mit fast ausschließlich südländischer Küche. Als Ristorante Capretto geführt. Näheres war mir noch nicht bekannt. Also wollte ich mich überraschen lassen.

Da stands: Chiuso! Ich fragte Vorbeieilende. Keine konnte mir eine eindeutige Antwort geben.

„Sicherlich dauerhaft geschlossen." Eine Dame, ich schätzte sie gegen 80 Jahre alt. Sie war gesprächiger.

„Der Wirt hatte so seine Allüren. Früher grasten vor dem Haus Ziegen. Daher die Bezeichnung „Zickle". Das wusste sie noch. Mir als „Reingeschmeckte" unterbreitet.

„Zu Zeiten des Italieners sei es ein Geheimtipp gewesen. Mittags gab es stets einen preiswerten Mittagstisch, die Karte klein, aber fein sortiert. So auch als Restaurant mit nur fünf Tischen", sagte sie mir. „Ich selbst war nie drinnen."

Von meiner Seite fragte ich dazu: „Es muss alles sehr intim gewesen sein, ich meine die Gäste, die mal reinschauten, kamen immer gerne wieder."

„Ja." Die Dame holte tief Luft und stellte ihre Einkaufstasche ab.

„Lange Jahre ist es schon her. Seine Werbung war die Mund zu Mund Reklame. Dann ging wohl eines Tages das Geschäft nicht mehr so. Laufkundschaft, eher Turis, die durch unser Städtchen bummelten, kehrten ein. Durstige Kehlen. Und so mancher trank halt nur seinen Wein und was sonst gegen den Durst. Seine Kalkulation war eben, dass jeder Tisch, ja – jeder Stuhl gewinnbringenden Umsatz bringen sollte."

Ich fragte: „Darf ich sie unterbrechen? Ich erinnere mich jetzt, ein Artikel in der Zeitung tat dem Inhaber nicht gut. Es seien nur Trinker eingekehrt. Auch ihm freundschaftlich Gesonnene vergraulte er. So fühlten sich die Leute vor den Kopf gestoßen."

Die Dame schaut sich um, so als solle es niemand hören: „Eigentlich war es immer ein „Rausschmiss". Was würden sie machen, wenn der Wirt ihnen sagt, dass sie zu wenig verzehren. Doch sicherlich künftig fortbleiben? Im Winter betonte er, er sei ja keine städtische Wärmestube. Miete und Nebenkosten seinen hart kalkuliert. Je Abend und Platz müsse er mindestens 50.-einnehmen und das im mehrmaligen Wechsel."

Meine Augen tränten, nicht über den Wirt, über dieses Lokal. Nach all den Jahren meiner Abwesenheit nicht mehr als Weinstube vorzufinden und nun sicherlich ganz geschlossen. Für immer.

„Ich danke Ihnen. Mit den Gästen verlor er sicherlich auch sein Lokal." So gehen beide in ihrem Conzens auseinander. Vertieft in ihren Gedanken.

Es war einmal und ist nicht mehr – wie es war mit dieser Weinstube, eine von vielen in Cannstatt, Entschuldigung Bad Cannstatt.

Es war stets die Kraft und das Potenzial der Menschen hier, Großes zu erreichen. Dem Einfluss seiner selbst unterworfen. Was und wie es auch immer ist im Streben erfolgreich zu sein. Alles, was man beginnt, ist eine Herausforderungen und in Rivalitäten der Möglichkeiten als Realist und Visionär, gewinnen oder alles verlieren.

Meine Gedanken dazu, was einst war und bleibt nicht einfach zurückgelassen in dem Zeitenwandel.

Die Stadtbahn fuhr heran, ich stieg ein und sagte Tschüss. Ein Wiedersehen nur wann? Als Erinnerung unterm Arm geklemmt das Buch aus dem kleinen Laden. Geblieben sind meine Sehnsüchte, die von damals aus der Jugendzeit, an denen ich vorbeifuhr.

Fliegende Untertassen

„Glauben Du an Außerirdische?" Manfred lacht und erwidert: „Das sehe ich anders, denn es geht um die Sache mit den unbekannten Objekten, ob diese Vision überhaupt fliegen kann. Rund einer „Frisbeescheibe" gleich!"

Im Wesen sind sie beide gleich, so auch Klaus wie Manfred.

„Äußerst handfest dokumentiert sind die Meldungen von Ufos-Sichtungen. Um die Kerndaten aus Beobachtungen zu sichten, folgt stets ein standardisierter Prozess. Viele Sichtungen konnten leider bisher herkömmlich erklärt werden."

„Mein Freund, also wird dabei geholfen, das Gesehene in einer eigenen Lebenswelt einzuordnen."

Niemand konnte bisher, gelöst von einer Wahrscheinlichkeit, den Beweis antreten, es gäbe sie doch diese „Untertassen". Die in allen Variationen gesichtet zu sein schienen. Immer in der Fantasie, dass Lebewesen wie wir Menschen „gestrickt" in den Galaxien auf irgendeinen Planeten, wie auf Erde leben könnten. Fabelwesen gleich, wie wir sie fantasievoll in unserer Vorstellung modellierten. In den 1970 Jahren!

Junge Kerle sie noch, Buben, die aus Sciencefiction Bücher motiviert, wissenschaftlich-technische Spekulationen zur Raumfahrt in ferner Zukunft fantasievoll sich ausmalten. So begann, wie große Dinge oft auch, von klein in größer sich zu entwickeln. Früh in Wünsche eingetaucht, Jugendträume verwirklicht zu wollen, in späteren Jahren als Teenager am Anfang einer Ufo-Kariere vielleicht stehen zu können. Da haben beide sogar an Außerirdische geglaubt.

Sie spekulierten über Ufos, Gedanken kreisten über und ein in Unbekanntes. Aufs Papier zu bringen, das hatte sie sich schon oft bewiesen, aber mehr in der Natur Skizzen angefertigt. Alte Gebäude aufs Papier übernommen mit jeder Nuance der Steinquader und Figuren. Architekten hätten sie bewundert, begeistert von jeder Genauigkeit, die ihnen selbst nicht auffallen würden. So übertragen!

Silvester! Knaller gegen den Himmel zischten und explodierten. Auch sie frohen Muts, nichts zu versäumen auch es zu probieren. Am Fenster zum Hof standen sie, weit geöffnet, und er eine Rakete in der Faust. Eine brennende Kerze neben sich auf dem Fenstersims. Sie zündeten die Brennschnur und er immer noch fest den „Stecken", auf dem die Rakete oben befestigt, in der Faust festhaltend. Weit, beide Arme nach draußen gestreckt. Die Zündschnur fraß sich vor und wurde immer kürzer. Und dann ... ein Knall! Den Stecken der Raketen hielt er immer noch fest. Geblendet vom Feuerschein ließen schmiss er den Rest auf die Straße. Verdutzt schauten sie sich an. „Schaden schützt vor Strafe nicht", wohl nach der Devise. Die herbeieilenden Erwachsenen entsetzten sich! Dem folgte eine „Standpauke".

„Ihr habt uns nicht gesagt, dass der an der Rakete befestigter Stecken" in eine Flasche gesteckt gehört und dann erst die Rakete anzünden. Nun wissen wir es", verteidigten sich beide. Ihr spitzbübisches Lächeln verstand keiner.

Gelobt sei es! Die Dinger, Raketen genannt, wurden immer größer, mit einer ungeheuren Illumination am Himmel. Aber ... Damit begannen beide in ihren Überlegungen, die Tür für sich in den Weltraum aufzustoßen.

Raketenbauer zu sein, danach drängte es sie nicht. Aber feststand, dass eine „Fliegende Untertasse" auf dem Wohnzimmertisch als „Reißbrett" Entwurf aus ihren Fantasien heraus in die Wahrheit zur Aufklärung dieser unbekannten Flugobjekte führen sollte.

Der erste Versuch etwas aufs Tonpapier zu bannen, auch als Zuckerpapier bekannt, farbig von vorherein darzustellen, scheiterte kläglich. Die kleinen Partikel auf dem Kartonpapier „zerrissen" jeden Bleistiftstreich, einer Berg- und Talbahn gleich. Zeichenpapier, wie es in den Konstruktionsbüros verwendet, war für sie finanziell nicht erschwinglich. Dann kamen sie auf reines, weißes Pergamentpapier. Kleine Lappen, die sie zusammenkleben mussten. Mit was? Da half ... scheinbar die Überraschung „Unbekannt".

Sie begaben sich auf eine Zeitreise! Vergleichsweise mit einem Zeitdilatation, da in einer schnellen Rakete die Zeit verlängert wahrnimmt. Diese Rakete hatten sie „angezündet". Science-Fiction nach ihren Vorstellungen ... Fantasien – Visionen aufs Papier zu bannen!

Die Zeit nach dem großen Krieg 1945 – 1952 war es. Jeder der Siegermächte machte von sich Reden, mit Waffentechniken anderer Art, die sich wieder ins rechte Licht setzen „mussten". „Ost" und „West", auf der Lauer. So kamen auch Berichte über „Fliegende Untertassen", im Mundart-Jargon UFO genannt, in der Presse und Rundfunk populär dargestellt, auf.

Beide Freunde dabei ganz Ort und im Leserausch versunken. Ein großer Teller, ein Servierteller galt als Nonplusultra. Eine Untertasse kleineren Ausmaßes als Anschauungsobjekt.

Umgestülpt dieser Servierteller auf das Papier gelegt, mit einem Bleistift umrundet und schon war die Form einer Scheibe als Grundmodell fertig: Die äußere Scheibe! Ein Vesperteller markierte den Innenbereich, also das Cockpit. Um diesen sollte sich die äußere Scheibe drehen, ohne dass die Pilotenkapsel mit rotieren würde.

Genial! Von oben betrachtet ein Grundmodell. Auf weitere Blätter krickelten sie ihre Vorstellungen aus ihren Fantasien. Die Seitenansicht der nächste Part: Eine Glocke, die die Innenscheibe überdeckte. Mit vier Sitzen bestückt. Geplant darin gegenüber und mittig die Schaltanlage wechselseitig zu bedienen.

Mit vier Düsenantriebe an den Außenrändern, der den rotierenden Schub geben sollte. Im Drehmoment nach oben und unten gerichtet ein Steuermodul. So waren ihre Vorstellungen zur Flugtauglichkeit.

„Zu flach die Strichzeichnung des äußeren Tellers in Seitenansicht", überzeugte beide. Im Querschnitt zwei Teller als Basis übereinander, änderten sie. In dem Oval, ihre Meinung nach, Tanks vorsehen für den Treibstoff für der Antriebsdüsen. Von den Eigenschaften eines Treibstoffs nicht ihre Gedanken, war ihnen fremd. Sie wollten ein UFO konstruieren. Mehr nicht. Ihrer Zeit vorauseilen.

Heute gibt es senkrechtstartende Flugzeuge, damals noch nicht geläufig bekannt geworden.

Die Zeit eilte voran und heute weiß jeder mehr über UFOs, und von den an der rotierenden Scheibe angebrachten Schubdüsen ist es eine „Legende" geblieben.

Immer wieder werden sie, diese nicht identifizier-baren Objekte erspäht, gesehen von Piloten. Es gibt Filmmaterial und Aufnahmen von diesen seltsamen Sichtungen. „Diese drehen sich im Kreis" und verschwinden mit ungeheurem Schub."

Heute schreiben wir 2023. Die Suche geht weiter. Was aus einer Idee entsprang, darum schlingen sich Legenden bis hin zu militärische „Gespinste" als untertassenförmige Flugobjekte unbekannter Herkunft.

Kosmische Objekte sollen leuchtend und heller als der Hintergrund sein, entgegen Phantomerscheinungen, die dunkel sind und völlig schwarz. Bestritten wird immens eine militärische Verbindung zu anderen Nationen.

Hypothetisch betrachtet muss eine fliegende Untertasse ein Raumschiff sein. Es soll schweben, abrupt beschleunigen und abbremsen können, sehr hohe Geschwindigkeiten erreichen und konventionellen Luftfahrzeugen weit überlegen sein.

Unsere beiden Pioniere waren auf dem besten Weg dahin, diese Nuss zu knacken. Wenn nicht sie, wer denn?

Maulwurf - Überfall

„Aber die Wahrheit!"

"Aber, aber", konterte der Nachbar.

„Eines Tages werden diese niedlichen Graber auch bei dir buddeln", der Überfallene.

„Ich werde schon Kompromisse finden", meint er unerschütterlich.

Ein Lachen zurück. Beide sind entrüstet. Jeder hatte eigene Prinzipien, was einen schönen Garten betraf.

Der noch nicht Befallene: „Ich werde mich bewaffnen."

Zurück ein tiefes Einatmen: „Ja – wenn noch Zeit bleibt!"

Im Wechselspiel das Gespräch: „Weißt du, was ein Kompromiss ist? Den werde ich mir ausdenken. Ich werde denen erst einmal eine Konzession machen."

„Du meist eine Vereinbarung?", kommt prompt zurück. Mehr im Jargon einer unverstandenen Antwort.

Die Erläuterung dazu vom Nachbarn folgt ohne Wenn und Aber: „Meine Frau möchte im Frühjahr alle ihre Blumen umtopfen, und dazu benötigt sie zwangsweise frische Erde. Dabei denke ich an diese Haufen bei dir drüben.

Wenn ich die durchzähle, sind es schon an die dreißig, bei mir erst sieben."

„Lieber Nachbar, ich bin einverstanden. Deine Frau kann sich gleich die Erde holen. Denn hätte ich schon mal weniger von diesen Haufen."

Oben vom Balkon runter eine Frauenstimme: „Das ist deine Aufgabe." Gemeint natürlich hin zu ihrem Mann gesagt.

Die Männer blinzeln mit den Augen. Was ein jeder denkt, sei dahingestellt. Denn letztendlich geht es erst mal wieder um einen gepflegten Rasen. Nicht mit diesen Stolperfallen. Und wie ein Kaninchen über die Haufen hüpfen zu müssen, dazu ist keiner freudig gesinnt. Vielleicht mit einem Nasenstüber die „lieblichen Tiere" vergraulen? Geruch oder Lärm müssen sie noch entscheiden.

In der Zwischenzeit war der Nachmittag vorangeschritten. Sich weiterhin an diesem Tag Gedanken zu machen, waren beide nicht mehr geneigt.

Der mit den vielen – vielen Haufen, lud zu sich ins Häuschen ein: „Auf ein Viertele Wein. Komm rüber zu mir."

Dem vor allem bewusst, dass ein Schlachtplan aufgestellte werden musste. Nicht töten natürlich, sondern vertreiben gemeint.

Es blieb nicht bei einem Viertele. Die Pläne wurden gewagter, die Wühler zu vertreiben. Denn bisher in all den Jahren war keiner von denen aufgetaucht. Im wahrsten Sinne des Wortes. Sie waren verschont geblieben.

Der zu Gast weilende wolle erst mal die Hügel platt machen. So seine Version: „Mit dem Spaten aufgraben und plattmachen." Dann die Idee, einfach mit einer Bau-Walze darüber ziehen. „Zweimal am Tag den Rasenmäher drüberfahren lassen", die nächste Idee.

Bedenken vom Gastgeber: "Dann hast du am nächsten Morgen wieder eine Hügellandschaft alla Alpen." Ihre Gedankengänge jedes Mal mit einem Schluck des Weins unterlegt. Und die Ideen gingen nicht aus. Ihnen war dabei bewusst, dass die Tierchen unter Artenschutz stehen. Zerstören nein! Darüber sind sie sich einig. Sie Ausgraben und irgendwo aussetzen? Nein! Diese Arbeit sei ungeheuerlich. Entsprechend dem Schutz würden die unterirdischen Gänge und Lager zerstört. Nicht erlaubt, dass wussten sie.

„Naja – doch als Gäste für immer bleiben? Die wurden nicht eingeladen", von beiden aufgesagt, wie ein Schüler bei einer biologischen Prüfung.

Nach einem kräftigen Schluck aus dem Henkelglas des Gegenübers: „Der Regen fehlt bisher. Wenn der wieder einsetzt, würden sie von den Fluten flüchten. Man könnte ja auch mit einem Wasserschlauch nachhelfen - das tun!"

„Leise Herr Nachbar. Ersäufen ist halt wie erschlagen. Auf alles steht Strafe und nicht gering. Es gibt Bundesländer, da kämst du ins Gefängnis. Vorbestraft möchte ich nicht sein."

„Ich hol noch ein Fläschchen!" Eine dreiviertel Liter kippten sie noch in sich rein. Zu einem Ergebnis reichte es dann doch noch nicht.

„Die Fahne wehte im Wind." Gedanken flatterhaft. Jeder wolle sich seinen eigenen Reim machen. Wie man gemeinsam das Übel angepasst ertragen kann, blieb offen.

Wenn überhaupt zu einer Lösung doch noch zu kommen.

Wer den größeren Schaden hat, wird wohl aktiver sein? Und diese bestellte Buttersäure, zwei Liter und goss portionsweise in Schnapsgläsern gefüllt auf jeden Hügel diese bestialisch stinkende Flüssigkeit.

Tage vergingen, doch weitere Hügel wuchsen empor. Bei manchen trocknete die Oberfläche. „Nicht mehr bewohnt?" Damit tauschten sie ihre Erfahrungen aus.

Von Nachbar zu Nachbar erkundet. Aber die Kolonie diesseits und jenseits schien immer noch nicht auf der Flucht.

Eine Woche Geduld bürdete er sich auf. Dann kaufte er mottengroße Duftkugeln, die mit ihrem penetranten Geruch die Tierchen vertreiben sollten.

„In den Gängen müsse man die Kugel geben!" Auf der Gebrauchsanweisung angegeben: Eine Spatentiefe müsse es auf jeden Fall sein. Er nahm eine Eisenstange, rammte diese in die Mitte des Haufens und gab zwei Kugeln hinein. Wieder abdichten und glatt ziehen die Oberfläche. Fünfzig Kugel verteilt, in jeden Hügel zwei hinein, gab er.

Jeden Morgen mit Spannung zogen sie Mannen die Rollläden hoch, hinaus – schauen sie. Was ist geschehen? Auf jedem Falle wurden ab da die Hügel mit weniger Erde angehäuft. Die Aktivitäten schon mal geringer. „Oh diese niedlichen Wühler."

Warten! Der Nachbar hatte die Hügel doch erst einmal platt gemacht. Doch schon nach Tagen wieder waren sie angehäuft. Und nun mehr geworden - sogar höher gehäufelt!

Ein schlechtes Gewissen sein Nachbar. Könnte es sein, dass die von ihm nach drüben bereits ausgewandert sind? Hat die Ausreise begonnen?

Nein! Sicher waren sich beide nicht. Da noch nichts erkennbar. So vergingen zwei Wochen.   Die Spannung wuchs. Bei beiden.

Nicht – nichts und nochmal nichts im Blick erkennbar. Auch beim herüberschauen von Nachbarn zu Nachbar.

Noch war Winter, zwar bereits Ende Januar. „Warten wir mal ab bis zum Frühjahr? Aber was ist Frühjahr, Fasching vielleicht? Bis Ostern wollten sie nicht warten. Den ersten Rasenschnitt vornehmen? Alle zwei Tage einfach mit dem Motorrasenmäher drüberfahren. Soll eine gute Idee sein. Natürlich mit einem Benziner, der erhebliche Geräusche macht. Das würde den Maulwürfen nicht bekommen, da sie lärmempfindlich sind. Eine Zwischenlösung: Ein Maulwurf-Vertreiber. Maulwurfschreck 400 - 1000 Hz für ca. 700m² als Maulwurfabwehr für den Garten, batteriebetrieben. Gedacht und bestellt. Bevor der Rasenmäher in Betrieb genommen?

Beide Nachbarn immer miteinander im Austausch. Des einen Idee war dann …. Es ist kaum zu sagen: Eine mit Urin gefüllte Flasche! Versuchte der das. Der Inhalt ergoss sich „schuckelesweise" auf die Maulwurfhügel.

Abzuwarten war, wessen Rezept nun fruchtet.

Er, der zuerst Heimgesuchte, träumte nachts, dass sie, die Maulwürfe ihn zum Tagesgeschehen begrüßen, sitzend ein jeder auf seinen Haufen. Oben auf dem Kopf eine von diesen Kugeln. Munter zu ihm schauen: Wir bleiben!

Ob des Nachbars-Anwendung Erfolg hatte? Essig soll auch helfen. Doch ob die mit Maulwurferde umgetopften Blumen alle Erwartungen sprengten? – Es ist abzuwarten.

Ein Besuch würde Klarheit bringen. Wer weiß - zu einem Erfahrungsaustausch vielleicht.

Mieter gesucht

„Es ist, wie es ist, du kannst es drehen und wenden, es bleibt eines Klos im Hals." Stecken geblieben. Und sage mir einer, es gibt keine Vorurteile.

Da stand er nun, wie ein begossener Pudel. Schaute vom Balkon herab, hob den Blick empor zu den links liegenden Gebäuden. Einundsechzig Einheiten der Komplex, mit Schwimmbad in einem zwischen diesen freistehendes Flachgebäude.

Und seine zwei Zimmer-Wohnung zum Verkauf anzubieten.

„Na – dann warte ich!", nuschelte er vor sich hin.

Als Vermieter jetzt avanciert. Außerhalb des Ortes im Schwarzwald gelegen, nahe Bad Liebenzell. Nicht gerade zum Dauerwohnen einladend. Aber immerhin ruhig und dass zwar vorhanden, was einem Städter fehlt: Frisches gleichmäßiges Klima, vom Sauerstoff umgebene Luft. Und nicht mal 500 Meter weg zu den Bäumen der Region Nordschwarzwaldes. Stundenlange Spaziergänge auf Waldwegen bis Calw über Hirsau und weiter möglich. Für Wandersleute ideal diese festumschlungenen Maschen einer noch fast unberührten Natur.

Nun – nicht jeden zieht es in diese Stille einer Abgeschiedenheit. Er und Sie hatten erst eine Einzimmerwohnung im Nebengebäude. Jetzt diese Zweizimmerwohnung gekauft. Kurze Zeit selbst genutzt und nun einer anderen Idee zugewandt: als Mietobjekt anzubieten.

Die Bewerber waren hintereinander gesetzt. Eine Anzeige in dem „Wochenblättle" und im Schwarzwälder Boten hatten gefruchtet.

Der erste Bewerber weiblich, alleinstehend sei sie. Die Klingel schrillte und er bat sie herein. Ein Dingele, nicht gerade, dass es auf ihn seiner Vorstellungen entsprach. Sie trat näher. Dominat in ihrer Wesensart, selbstverständlich als sei sie bereits der überhaupt in Frage kommende Bewerber. Verdutzt Er, denn sie bat ihm gleich das Du an. Die linke Hand von ihm ging hoch, dem eines Haltesignals bei der Eisenbahn als Stopp, hier nicht mehr weiter.

Diese weibliche Person sagte gleich zu, als sei sie die welche entscheidet. Dann setzte sie sich an den Tisch im Wohnzimmer, kramte in der Handtasche und zog ein Papier DIN A4 bedruckt hervor.

„Wir sind uns doch schon einig! Ich hab´ das Formular von der Sozialhilfe schon mal mitgebracht und ausgefüllt. Sie müssen nur noch unterschreiben. Alles andere regeln die."

Er verblüfft – verdattert über diese Kühnheit an Überzeugung, nur sie käme in Frage.

„Nein – Nein – Nein! So kann es nicht laufen."

Sie unterbrach ihn: „Aber sie haben die Gewissheit, stets pünktlich ihr Geld vom Staat zu bekommen. Das ist doch was wert?", und schaute ihn dabei herausfordernd an.

Wie loswerden? Seine Gedanken. Ihm klar, diese Person kommt nicht in die Wohnung.

„Lassen sie den Zettel hier und schreiben sie ihre Adresse drauf, ich schau mal, was ich machen kann", und bat sie, zu gehen. Er nannte sich hinterher: Feigling. Widerwillig ging sie. Die von ihm offengehalten Tür ließ ihr keine andere Wahl. Nachdem sie weg war, zerriss er den „Wisch". Tapfer nun.

Nummer zwei auch eine weibliche Person. Eine Dame, wie sie sich darstellte in ihrem Gebaren.

Es war jedoch ein kurzes Geplänkel: Bereit bei der Gutachtung des Bades schieden sich die Geister. Das erhöhte „Sitzclo", so auch als barrierefrei zu betitelt, fand nicht ihre Bewunderung. Im Gegenteil, die Höhe wäre nicht dem des Menschen Natur. Sie ging in die Hocken und führte vor, wie es Naturvögel tun, wenn sie sich der Notdurft entledigen müssten: fast ebenerdig! Ein Lächeln konnte er sich nicht verkneifen. „Sie müssen nicht lachen – es ist die Natürlichkeit!"

Hinausbegleitet war eins und Dankeschön: „Man hört wieder voneinander". Aber darüber war er sich schon klar: „Nein".

Noch waren alle Bewerber nicht durch.

Da standen sie: Ein älteres Ehepaar, geschätzt an die fünfundsechzig. Im Schlepptau zwei mittelgroße Hunde.

Schon für ihn als Vermieter der Gedanke irrsinnig: Auf 45 qm zwei Personen und die gleiche Anzahl Hunde? Das Argument die Wohnung anzumieten, bezog sich darauf, nur kurzfristig anzumieten, da sie sich mit ihrem Schwiegersohn nicht vertragen bei dem sie bisher wohnen. Eine Übergangslösung soll es nur sein!

Mit dem Argument, mit zwei Hunden als Anhang, nicht zu vermieten, war auch diese Anwärter außen vor, offen abgewiesen.

Einer war noch im Petto: Ein junger Mann, der nicht unweit bei seiner Mutter momentan wohnen würde. Im Nachbarort wie er am Telefon sagte, da er sich von seiner Frau trennte. So seine Aussage. Die glaubhaft klang. Aber es könnte auch umgekehrt gewesen sein. Wer wiese es – wer weiß.

Im Schlepptau zwei Kinder: ein Mädle und ein Bubele. Etwas über Zehn geschätzt von dem Vermieter.

„Diese würden ihn öfter mal besuchen, aber nicht mit in der Wohnung wohnend sein. Sie würden bei ihrer Mutter wohnen.

Die Kinder nicht auf dringlich! Ihr benehmen gesittet. Alle drei machten einen guten Eindruck. Mit dem erforderlichen Prozedere einig zog der Mietbewerber ein. Sein Name sei hier nicht ganz erwähnt: gleich dem eines großen Komponisten namens mit den Vornahmen: Nikolaus Josef Michael ...

Nachteiliges kam in den ersten Monaten nicht dem Vermieter zu Ohren. Doch jeder Vermieter stutz, wenn so hin und wieder die Miete von jemand anderen überwiesen wird. Auf jeden Fall die Zahlungen gingen ein, oft ein wenig verspätet

Aber doch! Irgendwie wandelte sich das „Blatt" vom

Vertrauen ins Ungeschick und war nicht mehr umzudrehen. Vom Herbst in den Winter hinein. Eine Mitbewohnerin im Hause trug es ihm zu, dass tagelang eine weitere Person, weiblich meinte sie, bei dem Mieter ein und ausgehe. „So auch übernachte!", hob sie vor. Nachdenklich er: Im Mietvertrag nur eine Person vermerkt, wobei eine neue „Flamme" nicht auszuschließen wäre. Als Besuchsempfang deklariert.

Fazit: Eine Toilettenverstopfung brachte ihm den Beweis. „Verstopft durch Damenbinden", stellte der Rohrreiniger fest! Sicherlich nicht von der Tochter des Mieters, die ja erst zwölf sei, nach dessen Aussage. Aber verursach im Einflussbereich des Mieters eben doch. Mit Auswirkungen bis in den Kellerbereich. Dort quoll die „Soße" aus undichten Rohrleitungen als Überlaufeffekt hervor. Aber das war dann doch Sache der Hausverwaltung: als Rohrbruch diese Undichtigkeit zu betitelt. Kostenanteil für die Verstopfung des Clos Euro 450.--. Auf Grund der noch kurzen Mietzeit, teilten sich Vermieter und Mieter kulanterweise die Kosten. Was war vorher – davor schon in den Leitungen? Überlegt ohne Beweis.

Der Knackpunkt zwischen beiden kam, als ein Hund, ein Boxer, Lärm in der Wohnung verursachte. Junge Hunde können das, beim Spielen mit Bällen und anderen Gegenständen. Die über der Wohnung alleinstehende Dame vernahm es oft bis in die nächtlichen Stunden hinein.

Das war ihr zu viel und sie war nur durch Einsicht des Mieters wieder zu beruhigen. Normal bedarf die Anschaffung eines Hundes, vom Mieter eine Meldung und in gewissen Fällen gar eine Zustimmung. Nicht dergleichen war geschehen. Erst nachdem er angesprochen wurde.

Eine Entschuldigung, mehr eine Bitte – zu entschuldigen, dass er die Zustimmung zu dem dazu notwendig gewesenen Prozedere nicht eingeholt hätte.

„Naja" - Er, der Vermieter beließ es dabei. Nicht als Kompromiss, nein sich dem Tatbestand untergeordnet. Warum auch!

Hinzu dann noch die Spitze des Eisbergs: Die neue Liebe des Mieters hatte dann auch noch einen Hund. Gleicher Art und mit in die Wohnung.

„Zu klein ist dafür die Wohnung und außerdem nicht geeignet als Hundezwinger". Der Gedankengang des Vermieters. „Aber er wolle keinen Ärger." Und wolle abwarten.

Wider Erwarten löste sich der „Schwarzwälder Knoten". Überraschend die Kündigung des Mietverhältnisses.

Von den Dächern gepfiffen von den „Spatzen": „Auf ein Neues anzugehen". Nach reiflichen Überlegungen nahm er sich vor, die Wohnung zum Verkauf auszuschreiben. Warum sich als Vermieter ständig angepasst zu verhalten, dem Ärger menschlichen Unverstand ausgeliefert zu sein? Die Schwächen der Menschen als Last im stumpfen Dösen ertragen und danach lechzend Vorteile entsagt in Vorwürfen verstrickt zu erhaschen: Ungerecht zu sein?

Wie beim Spiel dann noch mit den Nebenkosten. Im Roulette davon zu kommen. Aus der Summe als Nachzahlung, von der Verwaltung mit Siegel bestätigt, einzufordern. Weit über das Normalmaß hinweg war der Verbrauch an Wasser und Heizung angefallen. Natürlich, wie zu erwarten war: Im Einspruch des ehemaligen Mieters. Ein Spiel mit manipulierter Wasseruhr stellte sich heraus, falsche Ablesezahlen wodurch auch. Damit stieg er in Zwistigkeiten ein. Doch letztendlich musste berichtigt werden. Doch zu einer Nachzahlung vertretbar von der Verwaltung besiegelt.

In der Zwischenzeit waren Monate vergangen. Kein Geld fand den Weg aufs Konto des Vermieters. Mahnungen folgten und letztendlich beantragte er einen Gerichtlichen Mahnbescheid. Der auch zugestellt wurde. Ergebnislos! Weder im Widerspruch noch in Zahlung. Eine Gerichtsvollzieherin schrieb den Schuldner an, diese telefonierte und suchte ihn in seiner Wohnung auf.

„Nicht anwesend – er lebt mit seiner neuen „Flamme" zusammen, die Anschrift ist nicht bekannt." Die Worte der Mutter des ehemaligen Mieters.

Last not least. Es ließe sich vom Schuldner eine Vermögensaufstellung anfordern. Wenn aufgrund Mahnung kein Einspruch noch Antwort erfolgt, wäre sogar einen Haftbefehl möglich. 30 Jahre bleibt der Anspruch nun bestehen. In der Hoffnung auf Erbschaft oder gar ein Lottogewinn wäre für den ehemaligen Mieter die Chance, sich von aller Schuld freizumachen. Wer weiß – wer weiß und wird es erfahren.

Er, der Vermieter, kann sich nur eines vorwerfen, die Kaution zu früh ausbezahlt zu haben. Die Wohnung wurde ohne „Macken" und top gereinigt übergeben. Anderenfalls hätte er sie verrechnen können.

Dazu ist noch erwähnenswert, dass die Kaution von dem Mieters Mutter auch schon im Vorfeld aufgebracht wurde und nach menschlichen Regeln nach Ende der Mietzeit ihres Sohnes, sie diese zurückforderte. Ein Anlass es nicht zu tun, gab es demnach nicht.

Gescheut! Die Alternative: Verkaufen!

Miete ist eine Wertanlange, die ganz schnell zur Niete werden kann.

Notaufnahme

„Au Backe!", war mein Gedanke. Ich hatte es doch erst hinter mich gebracht. Diese Schmerzen. Dazwischen lagen fast drei Wochen: Bratkartoffeln mit einem Stück Fleischkäs, nicht klein – eben ein gutes Metzgerstück.

„Wieder diese Schmerzen. Jetzt!"

Ich bin nicht die nahrhafte Frucht, die gleich bei Schmerzen sich einem Arzt anvertraut. Noch nie musste ich diese Schmerzen aushalten. Meine Lebensgefährtin arbeitete noch und ich hatte mir diese Portion zum Mittag bereitet.

„Schmackhaft und lecker, mehr als nur satt zu sein hinterher."

Geschadet hat es mir erst mal gar nicht. Trank noch zum Tages Abschluss mein Viertele Wein, diesen Trollinger, der schwäbischen Weinkellerei im Ort. Er beschaffte mir die Schwere für die Bettruhe.

„Gute Nacht und schlaf gut."

Dem folge ein Aufrütteln kurz nach Mitternacht. Schmerzen zum „Gott erbarmen", wie man sagt. Um den Oberbauch herum. Unverständlich für mich, denn ich hatte mich erst vor kurzem auf „Herz und Nieren" durchchecken lassen. Nichts war! Ich schlich, gebeut der Oberköper, mich hinunter in die Küche. Über die Wendeltreppe leise, jeder Schritt bereits schmerzhaft mehr als vorher.

Stechen und ziehen dazu. Ich krümmte ich wie ein Wurf. Auf dem Weg zum Schränkchen im Bad vor Augen.

„Eine Schmerztablette!", die Eingabe.

Ärztlich empfohlen von den Ärzten, mal auch zwei zu nehmen, diesen Rat befolgte ich nicht. Gebeugt saß ich am Küchentisch, den Kopf nach vorne auf die Tischplatte. Es half nichts! Um die Nachtruhe der Familie nicht zu stören, legte ich mich auf die Couch im Wohnzimmer. War es die Altration oder die Müdigkeit? Ich schlief ein.

Als ich gegen morgens aufwachte, empfand ich alles ganz normal, nur der Kopf brummte. Aber das ordnete ich der Schlafstellung zu, dem verkrampften Nacken.

„Auf ein Neues", mein Slogan. Und vergaß.

Zurückdenkend muss ich mir eingestehen, dass ich von da ab Bratkartoffeln mit Fleischkäs nicht mehr gegessen habe. Natürlich, sowas isst man, wenn der richtige Heißhunger danach lechzt. Dagegen ist man nicht gefeit. Und so blieb es dann auch!

Doch das Schicksal ist trügerisch. Begegnungen der anderen Art es zu nennen, danach lechzend sich immer wieder darauf zu besinnen.

Oder die kleinen Teufelchen, die überall lauern, um in ihrer Scherzhaftigkeit sich auf einen zu stürzen. Wochen vergingen. Vom Winter war noch ein wenig spürbar. Bereits warme Sonnenstrahlen überschütteten tags die Natur. Doch mich - glauben sie mir, schüttelte ein starker Schmerz. Wie schon mal, nur stärke. In der Abendstunde erbärmlich mich.

Wie schon vor Wochen: Quer rüber dem Oberbauch. Qualvoll für mich die Krämpfe dazu, denen ich unterlag und entschloss, die Rettung per Krankenwagen anzufordern. Wählte 112. Die Stimme am anderen Ende neugierig, frug mich regelrecht aus. Es dauerte ein wenig und sicherlich merkte der am anderen Ende, dass ich beim Artikulieren kaum noch Luft bekam. Ich bemühte mich dabei, die Schmerzen durch Luftanhalten ein wenig zu unterdrücken.

Kaum aufgelegt, standen sie schon da: „die Retter". Der Sani-Wagen. Es klingelte und ich schlich zur Wohnungstür, öffnete und drückte auf den Einlassknopf der Haustür. Dazu muss erwähnt sein, wir wohnen im II. OG.

Ich setzte mich auf das Sofa im Wohnzimmer und die Schmerzen drückten mich tief in die Sitzfläche. Schwer wie Blei mein Körper.

Das erste nach dem ich gefragt wurde: „Wo haben sie Schmerzen, wie sind diese?"

In Begleitung eine weibliche Person, die nach der Krankenkarte frug und in ein Chipleser einlegte. Den „Freifahrschwein, behandelt zu werden, bekam ich wieder ausgehändigt.

Der männliche Sanitäter begann seine Arbeit: Blutdruck messen, Herzfrequenz abhören. Bei 200 lasen sie ab. Mein Puls raste wie ein wildgewordener Stier klopfend in meinem Körper.

Für die Schmerzen bekam ich eine Spritze!

Der hinzukommende Notarzt, ein Neuling nach meinem Empfinden, entschied: „Mitnehmen zur Notaufnahme!"

Im Wagen verkabelte man mich an verschiedene Geräte, insbesondere pumpte sich an meinem Oberarm ein Blasebalg einer Gummimanschette gleich auf und ab im Rhythmus. Dabei piepste das Gerät zwischendurch.

Fragen sie mich nicht, ob mit Blaulicht ins Krankenhaus. Eine Sirene hörte ich nicht.

Bereits vor dem Ankommen im Krankenhaus verspürte ich keine Schmerzen mehr. Fatal! Und so war es dann auch, dass man mich einstufte auf Herzrhythmusstörungen. Vor Jahren kam ich schon mal zur Notaufnahme, da aber unter Herzinfarktverdacht. Was sich damals nach einer Woche Aufenthalt im Krankenhaus mit allen möglichen Untersuchen nicht herausstellte. Die Digital-Akte wurde eingesehen und das Urteil gefällt.

Auf die ursprünglichen Schmerzen einzugehen Fehlalarm: „Nein, denn ich hatte ja diese nicht mehr. Ein Ultraschall hielt man für unnötig."

Last not List: Entlassen auf die Straße gestellt nachts um 23.30 Uhr. Nun – da stetste. Von allen „guten Geistern" verlassen und rief meine Lebensgefährtin an. Sie fuhr mich kopfschüttelnd nach Hause. Ermüdet fiel ich in die Kissen. Betäubt schlief ich sofort ein.

Der Morgen unabänderbar. Wieder diese Oberbauch-schmerzen, erst leicht ansteigend, dann krampfartig. Ab zum Hausarzt! Der schaute mich groß und fragend an. Er-stellte sofort ein Ultraschall. Daraufhin die Einweisung ins Krankenhaus unerlässlich.

Fuhr noch selbst mit dem Auto nach Hause. Von da wieder ins Krankenhaus mit einer Taxe und stand wie ein Bettler, um Einlass flehend dort vor dem Tresen, wo ich des nachts schon mal angenommen wurde.

Nun wurde es ernst! Ich durfte bleiben und ab auf ur Sta-tion. Frühmorgens ...

Der Tag endete mit einer Operation abends: Die Gallen-blase, von der musste ich mich noch am gleichen Tag ver-abschieden.

„Ab damit", sagte der Stationsarzt. „Wird nicht mehr be-nötigt." Seine Entscheidung, sofern nichts Nachteiliges auf mich zukommen würde. Aber diese Verantwortung lud ich aufs Krankenhaus ab.

Ich schlief den Schlaf eines vom Hasch betäubt und be-seelten Menschen. „Macht, was ihr wollt". Aufwachen war, wie in einem Delirium, von rauschenden Blättern um-geben und Stimmen, die fern meiner Ohren genuschelt ich wahrnahm.

In einem Bett auf Rollen, das von einem männlichen We-sen mit mir über die Flure fuhr und in einen Fahrstuhl hin-ein bugsierte. Hinauf, Fahrstuhltür auf und im Karussell herum auf eine Stadions Tür zu, die sich geisterhaft öffne-te. Hinein in ein Zimmer, wo zwei Patienten mich über-rascht anschauten.

„Halt – halt", rief ich, „wohin?"

„Isse schon gute", die Antwort und schon stand mein rollende Schrage, eins – zwei – drei, am Fenster eines Zimmers. Zum Toilettengang gab es keine Unterstützung. Also klingelte ich. Eine der Schwestern brachte eine flache Flasche mit einem großen Einfüllstutzen. Beim Weggehen sagte sie noch: „Du darein machen!" Ich tats wie befohlen. Erlöst von meinem Blasen-Drang. Mit einem Schlafmittel berauscht, schlief ich ein. Die Mitpatienten meinten am Morgen: „Naja – wir hoffen nur, dass du vom Salonwald Ludwigsburg ein paar Bäume nicht absägtest."

„Mir doch schnurzpiepegal." Vom Durst geplagt bat ich um etwas Wasser. Ich übersah, dass auf dem Bettbeistelltischchen bereits eine Flasche Sprudel stand. In dem Moment war ein Glas Wasser für mich das Genussvollste auf der Welt.

Visite: Der Stationsarzt mit Gefolge.

„Na wie geht es ihnen?" Bevor ich antworten konnte, gab er sich selbst die Antwort.

„Ich geh davon aus, dass wir sie übermorgen schon entlassen könnten. Diätisches Essen ist für sie angebracht. Schauen wir mal." Zur Schwester gewandt: „Für heut mal Süpple."

Und weg aus dem Raum. Ich rappelte mich hoch, stellte mich auf die Füße. Schwankend rüttelte ich mein Kissen und stellte den Kopfteil etwas höher. Meine Hausschuhe standen weit unter dem Bett. So ging ich barfuß von Bettkante zu Bettkante hangelnd zur Toilette. Im Magen pochte es und einen ... ich spürte nur noch den Drang ... riss die Toilettentür auf, im Gehen ließ ich die Hose herunter und setzte mich aufs Clo. „Scheisserle" dachte ich, aber es war nichts. Magenkrämpfe wieder! Zum Stuhlgang drängend alles in mir.

Zwei Tage hielt dieser Drang an. Vom Essen, geschweige! Kein Appetit.

Nachuntersuchungen zeigten veränderte Werte im Blut. Kurz gesagt, mein Immunsystem stotterte und brach in sich wohl zusammen. Was ich in den Magen hinein aß, flüssig schüttete, wollte partout nicht heraus. Ratlos das Personal. „Also eine. Nein - nein, Tablette nicht."

Die Meinungen gingen auseinander. Für ein Stamperl eines „Abführschnäpschen" wurde entschieden. „Morgen aber erst."

Bis abends ließ sich immer noch nicht mein Gedärm zur Leere bewegen.

„Dann eben nochmal ein „Schnäpsle" hinterher!"

Auch das half nicht.

„Ein Zäpfchen", hörte ich. So geschah es, doch rührte sich auch daraufhin nichts in mir.

Dann eine neue Idee: „Eine Spülung, genannt Einfluss von hinten über den Darm."

„Oh Gott – lieber Gott. Was habe ich nur verbrochen. Besser aber so, als anders weiter das Magendrücken zu ertragen."

Das Wunder geschah! Toller hätte ich es mir nicht vorstellen können. Der Gang zur Toilette nicht mehr möglich. Weiter in Schilderungen mich zu versenken, lasse ich es lieber. Letztendlich saß ich stundenlang auf einen Toilettenstuhl, den man mir nach einem lauten Stoßgebet gen Himmel hereinschob. Mein tägliches Essen ab da Suppen, Süppchen mit Brötchen.

Die Visite täglich gleich. Doch: „Mit den Werten bleiben sie noch bis morgen."

Aber scheinbar war es dann doch nicht so. Der Morgen kam und wieder wurde Blut meinem Körper entzogen.

"Die Wert stimmen nicht, bin noch nicht zufrieden", der Stationsarzt. So blieb es von Tag zu Tag. Eine Woche lag ich nun bereits in diesem Bett – im Krankenhaus.

Ein Wechselspiel zwischen den Magen aushungern lassen und Toilettenstuhl schnell über die Bettkante drauf zu kommen.

Dann entschloss sich die Stationsleitung einen Ultra-Schall über mich schweben zu lassen. Endlich das, was ich schon davor meinte nach der OP.

Eine Woche verging. Aus der seligen Atmosphäre eines Traums wurde ich gerüttelt. „Afrika", meine Gedanken beim Erwachen. Ein Afrikaner beugte sich über mich. „Entschuldigen sie."

Das Prozedere nicht neu begann: Wieder Blutentnahme, Blutdruckmessen, Klopfen und Hämmern rundum an meinem Körper.

„Wir machen heute ein CT und hoffen, dass sie morgen ab nach Hause schwirren dürfen."

„Hurra", polterte ich. Meine Gedanken: Wie schmeckt ein Rostbraten, den ich mir in dem Moment wünschte. Doch es bleib vorläufig bei diätischen Speisen. Selbst ein Viertle Wein solle ich nicht trinken, gab man mir als Rat mit auf den Weg.

Hinausgestellt von der Außenwelt, dem Verzicht auf die guten Dinge körperlicher Essengenüsse, wunschverloren alleingelassen.

„Alterle". Wie alles begann. Es sei schuld gewesen, die Bratkartoffeln und den Fleischkäs an einem Zuviel gegessen. Lange bestimmte mein Mager ohne Galle meinen Rhythmus in die Tage, die Toilettengänge, immer im Blick, dass eine Toilette in der Nähe. Kontakt mit den „Kleinen Teufelchens", wie ich sie als „Querschläger des Lebens" ab da titulierte.

„Aufgepasst! Wie schnell kann was in die Hose gehlen."

Schwarzwald Domizil

„Liegt es nun vor Freudenstadt oder danach" Immer die Frage, die ihm gestellt wurde. Mit seiner Familie hatten sie dort eine Einzimmerwohnung gemietet als Feriendomizil.

„Immer mal wieder zu verschwinden", erklärt auf Fragen: „Was macht ihr denn dort so im Abseits?"

„Abzuhauen vom Alltag – einfach so."

Sie und Er mit zwei Buben.

„Wie schön ihr es hier habt", bedacht von Gästen.

Wobei sie es nicht selbst so recht wussten. Wer Asperg kennt, der denkt in erster Linie an ein Landesgefängnis. Der 356 Meter hohe Hohenasperg hat eine wechselvolle Geschichte. Von 700 bis 400 vor Christus war er Sitz mächtiger Keltenfürsten. Der Ausbau der Festungsanlage erfolgte ab 1495. Aus dem Barockschloss heraus entwickelte sich eine Stadt, genannt nach Ludwigs seiner Burg: Ludwigsburg. Nach dem Stadtgründer Herzog Eberhard Ludwig (Regierungszeit: 1677-1733) Ludwigsburg ist nicht wie die meisten Städte in Europa über Jahrhunderte gewachsen, sondern wurde Anfang des 18. Jahrhunderts am Reißbrett geplant. Sie nahm einen rasanten Aufschwung weit über eine Kleinstadt heraus. Dichter als Schiller und Mörike verweilten. Die Industrialisierung nahm früh ihren Anfang.

Nun begann eine neue Entwicklung: Ohne „Rücksichtnahme" entstehen Wohngebäude, mehrstöckig, die Altbestände in ein Schattendasein verbannt.

„Das ist, was sie zur Flucht in der Freizeit, genannt, hinaus aufs Land, trieb. Entfernung bis zu einer Stunde immerhin vertretbar".

Bauernhäuser unterbrachen dort das Stadtbild. Still und verträumt umgeben von Tannenwäldern. Wackelige Scheunen angebaut den Häusern, aber noch erhalten, um darin wohnen zu können. Die Flößer Gesellschaft erlebt. Kilometerlange Strecken wurden im Mittel- und Hochschwarzwald abgeholzt und die Stämme bis hoch nach Holland „geflöst". Der Schiffsbau boomte. Das wenige was danach verblieb, wurde im letzten Jahrhundert aufgeforstet.

Hier in Lützenhardt fehlte der unmittelbare Zugang zum Wasser, der Nagold, die den meisten als Wasserstraße hinaus aus dem Schwarzwald diente. Unberührt blieb die Natur.

Das wenige noch zum wirtschaftlichen Auftrieb der Neuzeit, die Rehamaßnahmen, verschrieben vom Hausarzt und die vom Badearzt vor Ort bestätigt werden musste.

Ein heimisches Nest in hellen freundlichen Farben. In einem Mehrfamilienwohnhaus. Die untere Wohnung. Der Eingang durch eine schmale Nische, der Küche, hinein in den Essbereich.

Dieser getrennt durch einen Schrankwandteiler, beidseitig benutzbar. Dahinter eine Schlafcouch. Gerade mal zwei

Personen, wenn man sie nach vorne auseinanderzog, zum Schlafen Platz gab. Irgendwie auch vier Personen darauf, die Kinder.

Das Highlight: Ein „Baderaum" mit Dusche, großer Wanne und zwei Handwaschbecken. Viel zu groß – nicht angepasst den anderen Räumen gleich. Nicht zum Dauerwohnen, als Ferienaufenthalt eben. Ohne Kinder! „Aber es ging", wie er sagte und gemietet – allein. Gemütlich die „Hütte".

„Wie weit, immer wieder wurde es ihnen gesagt." Nun, die Bekannten suchten in der Ferne, in Italien bis Afrika Sonne pur und Wasser zum „Planschen".

„Hier in Lützenhardt, ja, die frische ozonhaltige Luft, und Wanderwege waldumsäumt, pur."

Aus der Haustür raus, ein Fahrweg und dann eine breite Wiese umsäumt von Tannen. Im Ort, eher zu sagen, vor dem Ort ein Teich gesäumt von Einkehrmöglichkeiten, auch zum Übernachten. Forellen, frisch empor aus den Gewässern in „blau" und geräuchert serviert.

Die Geschichte geht weit zurück bis ins 7. Jahrhundert; ein einzelner Hof der Freiherrn von Rassle. Erst um 1785 kam es zum Verkauf an Ansiedler. Die Grundstücke waren gerade mal so groß, dass ein Wohnhaus Platz hatte. Korbflechter, Bürsten und Besenbinder ernährten sich so Recht und schlecht. Im Frühjahr auf der „Reis" verkauft.

Dann kam die Industrialisierung um die Jahrtausendwende und handgemachtes war nicht mehr konkurrenzfähig. Die Lage des Ortes bot sich ideal für den Fremdenverkehr an. Bis ins Heute.

Das in Gold gefasste Wappen mit drei schwarzen Jochen weist nicht auf Landwirtschaft hin, sondern wurde einst vom Adelsgeschlecht von Luitzenhardt übernommen.

„Verwunderlich schien mir, als mir mein Bekannter erzählte, das mit dem Hund. Sie hatten einen Mittelgroßen. Ich selbst dachte, dass noch dazu in dieser Miniwohnung. Aber scheinbar gings ohne Probleme."

Hierzu sei gesagt, in dem Ort, ist fast in jedem Haus ein Hund. Nicht freilaufend. Aber doch an dem Bellen erkannt. Ihrer lief ohne Leine. Beim Spaziergehen, beim Bummeln in dem Städtchen. So sagte er mir. Bestätigt von den Kindern, die auf ihn achteten. Aber alles hat so zwei Seiten, „Medaille" auch genannt.

Katzen mochte er gar nicht so gern. Davon nur durch scharfe Kommandos zum Verfolgen abzuhalten. Besser an der Leine. Aber es geschah dann doch beim Kurz über die Straße, auf die Wiese vor dem Haus.

Und weg war er! Kein Rufen half. Letztendlich eben warten.

An dem Abend kein Hund mehr zu sehen.

Und in der Nacht kein Jaulen.

Groß die Sorge. Und dabei fiel ihnen die Legende über Lützenhardt aus der Erinnerung ein: In den armen Zeiten – damals – noch nicht allzu lange her. In der Umgebung munkelte man in den Nachbarorten: „Kopf ab – Schwanz ab = Hase. Also standen sie unter dem Ruf, früher wohl mal Hunde zum Verzehr nicht verschmäht zu haben. Stimmt oder stimmt nicht?

Kannibalen? Oh Gott, die Familie in Aufruhr. Keine Erfahrung, ihnen geläufig nur davon gehört zu haben. Sie waren nicht Neulinge am Ort. Aber wem traut man noch? Dem Nachbarn sicherlich. Doch dem Metzger?

Am nächsten Tag. Eine aufdringliche Klingel, von dem sie erschraken. Vor dem Haus ein Auto mit schwarzen Fenstern, in den man nicht reinschauen konnte. Ein Trauerauto? Keine Beschriftung an den Türen.

Eine ältere Dame stieg aus.

„Ich nehme an, sie vermissen jemanden?"

Sie öffnete die Hintertür und heraussprang ein Hund, der Familie ihr Hund. Er wedelte erregt mit dem Schwanz, knurrte leicht und schwupp weg war er ins Haus und suchte in der Wohnung nach seinem Fressnapf.

Hunger und Durst wohl in dem Moment am wichtigsten.

Im Gespräch mit der Dame. Sie betonte, sie wohne am Ort schon lange, bereits ihre Eltern, seit Generationen.

In voller Dankbarkeit erzählte die Familie, was in einer Horrorgeschichte ihnen zugetragen wurde. Doch gottseidank nicht passierte.

Die Dame lächelte über die Ausführung, deren Angst.

„Nein! Wirklich nein. Hier hat noch niemand Hunde verspeist. Sie können fragen, hier und in den Nachbarorten, niemand konnte bisher erkunden, woher überhaupt der Ruf kam, entstanden ist. In unsere Generation? Nein!"

Sie stieg in ihr Auto. Ihr Lächeln immer noch auf den Lippen und fuhr davon. Der Hund rannte auf die Straße und schaute hinterher. Freudig erregt, was er wohl im Wedeln mit dem Schwanz dankbar seiner Lebensretterin noch gern gezeigt hätte: „Hurra – ich lebe noch!"

Aber nichts ist undenkbar. Im Internet nachzuschlagen, so als, „wenn man der Legende trauen kann. Der Ruf vermutlich aus den Hungerjahren 1850 bis 1855 stammt, einer immer noch lebendigen Überlieferung, dass in einzelnen Gemeinden regelmäßig Hunde und Katzen geschlachtet werden mussten und verzehrt worden seien. Damals war der Südwesten Deutschlands überbevölkert und die Menschen wären dazu gezwungen gewesen, um nicht zu verhungern."

Spiel mit dem „Feuer"

Nichts ist so heikel, als mit Gefahren zu spielen, heraufbeschwören, dass könnte man durch Jux und Tollerei.

Ein Wanderclub, man zog von Monat für Monat mal dorthin in der Nähe oder fern durch die Lande. Bei Wind und Wetter, wenn auch mit Regen vermischt.

Nicht aufzuhalten dieser Regen. Pfützen, wohin man schaute, selbst die Augen tränten angeregt. Ein Schauer nach dem anderen ergoss sich auf die Wandersleute. Es war Sommer, der wieder mal verregnet. Aber was halfs, geplant ist geplant und wann haben alle wieder Zeit zusammen auf Tour zu gehen? Wie es ist nahmen sie es hin. Von der Regenbekleidung abgesehen, quietschte bei jeder Bewegung aneinander geriebenes Plastikmaterial.

Die Gesellschaft nahm es lustig auf und stampfte weiter des Wegs. Ziel: Die Wirtschaft „Zum Hirschen" in Eglosheim bei Ludwigsburg. In der reserviert war und freigehalten zur Mittagzeit an dem Sonntag.

Man rüttelte und schüttelte sich, legte die „Gummihaut" vorschriftsmäßig im Vorraum ab und ging ins Lokal. Eingerichtet aufs „I-Tüpfle" mit viel Schnickschnack, die Meinung, alles von Omas Haushaltsauflösung oder vom Flohmarkt erworben, um hier aufzustellen. In einem Zauber der Gemütlichkeit tauchten die Wanderer ein!

Und schon, noch nicht mal auf dem Stuhl sitzend, wurde die Speisekarte gereicht und ums Getränk bestellen gebeten. Einstudiert, um schnell die Plätze für neue Gäste freizubekommen.

Man hätte liebend gern einen Glühwein getrunken, den gab es aber nicht. Die Frauen bestellten sich Tee und die Herren konzentrierten sich auf Wein. Nun reinen „Trollinger" konnte der Wirt nicht kredenzen. Dafür eine große Auswahl an Italienischen und französischen Sorten im Angebot.

„Verzichtet! - Bringen sie mir ein Bier, Pils wenn geht vom Fass.", der Tenor.

Die Getränke kamen und die Bedienung brachte den Herren das Bier und stellte den Damen die Gläser direkt vor die „Nase".

„So gehts – was wollen sie Essen".

Nicht sonderlich überrascht schaute man sich an.

„Also dann - können alle bestellen?", übernahm Ernst der Organisator das Kommando.

„Langsam!", von der Bedienung. Auf dem kleinen „Blöckle" kritzelte sie die Wünsche. Probleme schon im Vorfeld: Wer Bratkartoffeln wollte statt Spätzle oder Kroketten – wechselseitig dann zu Pommes gemischt über.

Kein Danke noch ein freundliches Lächeln. Sie schwirrte ab Richtung Küchenflügeltür. Noch aufs „Blöckle" schauend huschte der Kollege an sie vorbei und sie stieß gegen die Pendeltür. Ihre Zettel mit den Notizen fielen herab, verstreut vor ihren Füssen.

Das Aufsammeln schien ihr zuwider, barsch mit den Füßen schob sie die nassen Zettel zur Seite. Drehte sich um und kam wieder an den Tisch der Wandergruppe.

„Also bitte nochmal! – Sie wollen doch was Essen? Auf gehts!"

Ganz im Kommandotakt ruck zuck notiert. Und fort war sie.

Ringsum nur aufschauen und staunen. Geduld war gefragt, wohin denn sonst, denn es war bereits kurz vor 14.00 Uhr. Und in den meisten Lokalen bereits zappenduster danach noch was zu bekommen. Also Geduld und staunen.

In dem Moment flitzte die Bedienung wieder herbei.

„Haben sie ein wenig mehr als nur Geduld, sie sind die letzten Gäste, die wir heute noch bewirten. Schauen sie auf die Uhr: Zwei Uhr ist erreicht und normal schließen wir schon. Essen sie in Ruhe, bleiben sie sitzen."

Ernst der Rädelsführer der Gruppe: „Meinen die uns? Das gibt's doch nicht. Aber – haben wir mal Geduld."

„Sowas gehört in die Zeitung!" leise jedoch gesagt. Noch bevor Ernst sich weiter auslassen konnte, stupft seine Frau ihn als Zeichen, er möge ruhig bleiben.

„Bitte warten", zaghaft warf er diese Worte in die Runde. Man deeskalierte über die Wirtschaft, quatschte Durcheinander und so ging die Zeit wie im Fluge dahin. Der Durst lenkte sie davon ab, dass die Zeit nicht nur glitt, sondern raste.

Sie winkten die Bedienung heran, die lässig am Tresen genussvoll eine Zigarette rauchte. Bewegungslos in den Raum stierte. Erst das Aneinanderschlagen von zwei Gläsern ließ sie aufschauen. Man hätte meinen können, sie habe die Langsamkeit erfunden beim Ablegen des Glimmstängels.

Daraufhin eine Linksbewegung zur Pendeltür und in die Küche hinein. Was war ihr eingefallen?

Die Gesellschaft stutzte. Es war bereits über eine halbe Stunde seit der Essenbestellung vergangen.

„Bitte warten …", riefen alle im Chor. Ein Gesang nicht einer Bitte gleich. Eine männliche Gestalt, mit einer weißen Schütze um und einer Kochtuchmütze auf dem Kopf, begab sich schnelleren Schrittes an den Tisch.

„Nicht - ungeduldig sein. Wer spät kommt, muss auch warten können. Sie sind gleich dran. Noch eine Viertelstunde und das Fleisch ist gar!"

Drehte sich um und blieb am Tresen stehen, goss sich einen Schnaps ein und mit rückwärts geneigtem Kopf kippte er den Inhalt durch den weitaufgerissenen Mund.

Voller Staunen die Wandergruppe. Auf dem Trockenen saßen sie nun auch schon wieder. - Endlich! Die Bedienung schlurfte heran. Nahm auf was gewünscht wurde, mit der Bemerkung: „Sie müssen Geduld haben, es dauert. Geduld bitte."

Wobei manchen schon der Durst trotz angeklebter Zunge am Unterkiffer vergangen war. Als einer der Frauen aufstand, ihr Glas nahm und Richtung Toiletten marschierte, folgten ihr gleich bewaffnet die anderen nach: „Ein Glas Wasser holen wir uns jetzt selbst aus dem Toilettenhahn." Von einem Lachen der Anwesenden im Lokal begleitet.

Doch auf dem Wirt war verlass: Genau nach einer Viertelstunde schritt Bedienung und Wirt heran. Jeder mit zwei Essen, links und rechts in der Hand. Überwiegend war gleiches bestellt worden, so nahm ein jeder das auf dem

Tisch gestellte Essen selbst zu sich rüber. So ging es dann weiter, bis alle etwas vor sich stehen hatten.

„Endlich" raunten alle. Ab da von der Bedienung weit und breit nichts mehr zu sehen. Der Wirt eilte von Tisch zu Tisch. Mit abkassieren beschäftigt.

Am Tisch der Wandergesellschaft Tumult.

„Bei dir auch?" damit fings an.

„Das kann man doch nicht essen?"

„Sapperlot, das Fleisch ist sehnig und hängt mir zwischen den Zähnen."

„Hier – nimm den Zahnstocher, wenn du möchtest. Ich selbst gebe´ das Essen zurück!"

Hin und her die Diskussion.

„Herr Wirt – kommen sie bitte."

Und er kam. In der Hand bereit das schwarze Täschchen zum Kassieren.

„Ja, bitte?"

„Wir beanstanden!" Bitte nicht durcheinander bat Ernst ihr Fürsprecher und übernahm den Part zum Wirt hin.

„Wissen sie, wir kommen viel rum – jeden Monat, aber bitte, verzeihen sie, das Fleisch ist kein Rostbraten, sondern eher ein einfach gebratenes Stück Fleisch."

„Ja -?" unterbricht der Wirt dem Redeschwall.

„Da haben sie Unrecht. Es ist aus einem saftigen und mürben Rindfleisch geschnitten. Sicherlich nicht mehr so frisch, aber immerhin ein Rostbraten – auf dem Rost gebratenes Stück Fleisch."

Jeder Ansatz zum Widerspruch fegte er von sich. Breitbeinig und die Arme in die Hüfte gestemmt.

„Der Preis ist danach kalkuliert – wollen sie mehr, dann zahlen sie mehr! Feineres – dann müssen sie in ein Gourmetrestaurant gehen und nicht bürgerlich essen wollen - Hausmannskost ist halt so."

Man stand auf. Zahlen oder nicht Zahlen untereinander im Gespräch. Einig dann doch:

„Was kann man da noch erwidern? Zahlen wir!" Sie stand auf und gingen ohne Gruß.

Bei dem Wort Zahlen hatte der Wirt schnell die Summen notiert und forderte von allen die Zahlung, notiert auf einen dieser kleinen Abrisszettel. Zur Bedienung rufend: „Du kannst abräumen, Reste gleich in den Abfall!"

Die Frauen und Männer der Ausflugsgesellschaft nahmen daraufhin im wahrsten Sinne des Wortes Reißaus. Nur hinweg – hinaus auf „Nimmer Wiedersehen".

Nicht lange danach stand im „Blättle", dass die Gemeinde dem Wirt vom „Hirsch" nach einer Anzeige auf Antrag des Gesundheitsamtes die Gaststättenkonzession entzogen worden sei.

Unvergessen

Als junger Mensch sieht man immer in der Ferne ein in sich verschwommene Horizont. Unerreichbar. Entwachsen dem Kind beginnt die Pubertätsphase mit allen Widersprüchen des Seins und Nichtseins, herbeizuzaubern, was eigentlich dem Erwachsenen, so schön betitelt, vorbehalten ist. Noch schaute ich auf dem, es Nacheifern zu wollen. Wie es anzustellen, gleichwertig mal mitzumischen.

„Wie alt bist du denn?", fragte Mutter mich. „Und denke dran, lernen ist angesagt. Mit zwölf schon – nein, mein Lieber Bub."

Sie wollte mich nicht verstehen. Ich hatte mich in eine Begeisterung begeben. Von allen Prinzipien losgelöst, die meine Eltern mir mitgeben wollten. In mir steckte diese Erziehung, die getrocknete Tinte im Leintuch ohne Möglichkeiten sie mir auszutreiben. Wer wollte es denn auch? Mit dem Alter eine kleine Persönlichkeit zu sein, so meine Überzeugung. Meine Starrheit, die mich vorantrieb. Von mir überzeugt! Ein Dingele, blond mit Namen Ingrid, der Nachnahme: Aber bitte nicht weitererzählen: Just. In dem Städtchen Ludwigsburg, in der Solitude Straße, gegenüber dem Spielwarengeschäft ein kleines „Lädle", in dem ihr Vater mit Lacken und Farben umtrieb, für sich und seine Tochter den Lebensunterhalt zu finanzieren. Alleinerziehender. Ja, auch ein männlicher Alleinstehender.

Ingrid ging in der Parallelklasse. Nun sage mir einer, dass in dem Alter Gefühle zum anderen Geschlecht nur bei Dummbeutler ausgerichtet sind. Nein! Auf dem Pausenhof suchte man sich und in einer stillen Ecke, nur reden – ja, nur reden. Die Welt aus seiner Sicht zu verstehen. Als Larifari würde, das heute betitelt. In Zurückweisung elterlicher Ansichten tauschten sie ihre Erfahrungen aus. Kein Händchenhalten, geschweige Küsschen. Wohl noch unbekannt diese Zuneigungen. Nicht Liebe, denn wäre es ihr Larifari. Lapidar so eben. Außerhalb der Schulzeit kamen Treffen dazu. Ingrid hatte da mehr Freiheit. Ich um bandelt in Aufsicht von meiner Mutter. Sie sah es mit Argusaugen.

„Lass uns doch zusammen Schularbeiten machen?" Ein Wunsch, den sie nicht verstand.

„Was ist denn schon dabei?"

„Bub, deine Gefühle fahren Karussell."

„Ich möchte sie doch nur in meine Nähe haben. Wir wollen uns austauschen. Einfach gemeinsam lernen."

Ich habe nie erfahren, was sie so stur machte. Sicherlich ihr Alter: Zweiunddreißig. Erst später, ein paar Klassen weiter, vierzehn schon, eine Katastrophe. Ein Mitschüler wurde in dem Alter Vater. Eine Sensation!

Vielleicht hatte Mutter in weiser Voraussicht so was vor Augen?

Weit weg wir, Ingrid und ich von einer Sexualität. Darüber wussten wir nichts. Eben nur, dass es Männchen und Weibchen gibt und unterschiedlich im körperlichen Aufbau. Was war Aufklärung? Darüber wurde nicht gesprochen. Jahre später erst. Den Mitschülern hätte es gutgetan. Was mit ihm geschah, blieb verborgen, in Heimlichkeiten getaucht. Eines Tages fehlte er und blieb weg aus der Schule.

 Doch wir trafen uns, wie es möglich war und wo wir mit uns quatschen konnten. Geheimnisvoll voneinander angetan.

Fasching ruckte heran. Im dreizehnten Lebensjahr hinüber ich bereits. Ein Februartag. Verkleidet zu sein, wäre schön, unsere beiden Ansichten. Wunsch erfüllt wir! Verführerisch das Spielwarengeschäft mit Auslagen von Kappen, Masken und Umhängen. Doch uns fehlte Geld hierfür.

Ein paar Mark hatte ich aus Altpapiersammlungen zur Seite gelegt Ingrid hatte schon Taschengeld von ihrem Vater.

Hatte Ingrid früher Schule aus, wartete sie vorm Haus schon auf mich, bis ich kam. Auch das passt Mutter nicht.

Aber, was sollte ich machen? Mir gefiels!

In Ludwigsburg stand noch die alte Stadthalle, ein Holzbau aus den Vorkriegsjahre 1945. Veranstaltungen jeder Art fanden darin statt. Es gab nichts anderes hierfür. Und Fasching - Fassenacht, da kamen die Mainzer jedes Jahr zu Besuch. Mit „Tari und Tara" vom Bahnhof im Einzug durch die Wilhelmstraße hin zur Stadthalle. Ein Sonderzug hatte sie hergebracht. Der Mentalität nach schauten die Menschen und ein Helau und – und - sehr spärlich.

Am Faschingsdienstag war der Klamauk wieder fort. Kleine Veranstaltungen fanden statt. So in den Kneipen noch der Kappenabend gang und gebe. Heut kennt es niemand mehr, außer die Alten. Eine Kappe auf und schon: Die Lustigkeit erkannt.

Ingrid und ich setzten eine Kappe auf, ein buntes Halsband und Papierschlangen aus einer Tüte. Nachmittagsfasching und das für Kinder und Jugendliche, die, naja dem Drang nach Profil hin zu den „Größeren" nacheiferten. Im Schlepptau ein Mädel. Freundin? Für mich Ingrid!

Wir zwei mittenmang wirbelten umher, tanzten nach unserer Art dem nach, was die anderen aufs Parkett legten. Fetzige Musik von der Bühne herunter. Noch kein Rock. Elvis Presley noch unbekannt. Uns wenigstens. Woher auch?

Im Glück der Freundschaft zueinander, so meine ich heute rückblickend. Was war schon Liebe in seinen Facetten?

Geschlechtsreif noch auf der Schippe für den Backofen, kalt vor der Ofentür hineingeschoben zu werden.

Mutter erfuhr von unserer „Leidenschaft". Aus – patsch aus! Ab da Hausarrest! In dem Alter noch. Und dann noch das Tollste, was ich auch heute noch so in mir verarbeite. Daneben ging Mutter zu dem Vater von Ingrid und erbat sich, dass seine Tochter die Hände von mir lassen solle. Dieses Ding - Ab da sah ich sie auch nicht mehr. Mein Schauen führte ins Nichts. Wie vom Erdboden verschlungen.

Die Jahre nahmen die Erinnerungen und steckte sie ins Kuvert, von damals, beschrieben. Doch Zufälle wie vom Schicksalskreisel angetrieben kommen im Tanz der Vergangenheit zurück. Ein kurzer Augenblick! Wenn auch Jahre vergehen.

Auf der Venezianischen Messe streifte mein Gesicht ein Gesicht, ein Blick, umringt mit Menschen diskutierend. Unsere Blicke! Ein paar Sekunden ruhten sie in uns.

Sie war es. In dem Toba boom verschwunden. Weg! Die Synapsen meiner Sinnesorgane hatten vor Erregung funktionsorientiert, eine Signalübertragung durch Beachtung eine Veränderung herbeigeführt, von einer Nervenzelle in eine Zielzelle. Des Lebens Bausteinen, die mit anderen Einheiten zu einem höherwertigen Ganzen hätten zusammengefügt werden können.

Bildhafte Elemente, Szenen, die wie ein Film ablaufen, kamen zurück. Aus einer Zeit: früher!

Der Autor, Jahrgang 1940, lebt in Asperg bei Ludwigsburg und ist als Rentner literarisch engagiert.

Das Spektrum seines Schreibens ist vielseitig und auch ins experimentelles gehend.